Traidores

Traidores

Gerardo Robledo

Número de Control de la Biblioteca del Congreso: 2011912065
ISBN: Tapa Dura   978-1-4633-0243-6
                  Tapa Blanda   978-1-4633-0241-2
                  Libro Electrónico   978-1-4633-0242-9

Para ordenar copias adicionales de este libro, contactar:
Palibrio
1-877-407-5847
www.Palibrio.com
ordenes@palibrio.com
341813

TABLA DE CONTENIDOS

DEDICATORIA

Una especial dedicatoria para mi esposa, Letty Robledo, quien participó incansablemente en todo el proyecto y que me tuvo la paciencia en el largo proceso de la elaboración de este libro, además de ser la colaboradora principal. Gracias, amor.

A mis adorados hijos, Gerardo Jr., César y Santiago, que me donaron parte del tiempo que les correspondía para llevar a cabo este proyecto.

A mis padres, Juan de Dios Robledo y Elba Sánchez, que formaron mi vida con mucho amor y que han aceptado incondicionalmente mi aventura de emigrar y estar lejos de ellos. Los amo mucho.

A mis hermanos, Rafa, Yola, Cruz, Danny, Rosy, Juan y Lulú, que de alguna forma han influido algo en mi vida.

A mi familia política, que comparte día a día el difícil caminar en este gran país.

Y por último, una especial dedicatoria para los que se fueron en busca de una mejor vida . . . y para los que se quedaron a la espera de su regreso.

AGRADECIMIENTOS

Por sus ideas y el gran aporte que me dieron sobre el proceso:

Letty Robledo, Francisco Negrete, y la Lic. María del Rocío Robledo.

A todas las personas que colaboraron en la elaboración de este libro:

Rosaura Flores, Juan Maldonado, Margarita Yáñez, Mundo Tovar, Bryan Guerra, Dulce Alvarez, María Sánchez†, el padre Antonio Ponce de Santa Rosa de Lima y el padre Carlos Alarcón.

Por sus ideas para la portada, su trabajo fotográfico y de contraportada, a Juan Pablo Gonzalez y su compañía, JP Max Studio.

Por el gran trabajo de edición, a la compañía Punto y Aparte, a la Lic. María Luisa Peña y a la Mtra. Amelíe Guerra.

Y por ultimo, un especial agradecimiento a este gran país que me ha dado cobijo por los últimos años, y que al final de todo me ha ayudado a alcanzar casi todos mis sueños. Y por supuesto, a mi México lindo y querido que sigue ahí, a la espera de nuestro regreso.

PRÓLOGO

La inmigración es un fenómeno mundial necesario para el desarrollo de todos los países. Este libro ha sido escrito para poner al descubierto el verdadero sentir de las personas que deciden emigrar en busca de nuevas oportunidades. Cada persona sale en busca de una nueva aventura sin saber si habrá un final feliz o si la aventura simplemente terminará en tragedia, pero lo que sí se sabe es que cada emigrante tiene su propia historia, y aunque no nos demos cuenta, nuestras vidas quedan marcadas para siempre, ya sea para bien o para mal.

Estados Unidos es el país que más emigrantes buscan como su objetivo, y aunque cada vez se ha vuelto más difícil quedarse a radicar en él, la gente sigue luchando por lograrlo, pero algunas personas mueren en el intento de llegar, y los que logran hacerlo se dan cuenta de que la vida es cada vez más difícil en este gran país, puesto que la discriminación y el racismo se han recrudecido en los últimos años. De igual manera, las leyes se van haciendo cada vez mas duras, y nos hacen ver como delincuentes al tratarnos como si fuéramos asesinos o violadores sexuales, por simples delitos o infracciones de tránsito. Esto ocasiona que vivamos una vida denigrante sin poder hacer nada, y morimos poco a poco al saber que vamos perdiendo todo lo que dejamos atrás: nuestras familias, nuestros padres y hermanos, y desgraciadamente para algunos, nuestros hijos, que tal vez mueran en espera de nuestro regreso o del momento en que podamos traerlos con nosotros a vivir esa aventura que mucho dolor ha dejado, tanto para el que se vino, como para el que se quedó.

Ya sea legal o ilegal, los emigrantes tenemos el mismo sentir, especialmente cuando no somos aceptados en una sociedad para la cual trabajamos y a la cual aportamos recursos, y resultamos siendo habitantes de segunda, pues vivimos bajo las sombras, y al final terminamos siendo extraños aquí y en nuestra tierra; aquí, porque no existimos en un archivo, y allá, porque nos fuimos y ya no somos parte ni de nuestra propia patria.

Esta obra es un arma para recordar cuál fue la finalidad por la que decidimos emigrar, y para darnos un recordatorio de que no olvidemos a la gente que se queda en espera de nuestro regreso; para entender que el tiempo no hace una pausa esperando a que lleguemos, sino que nos va pasando la factura año con año. Para entender que tanto sufre el que se queda como el que se va, y que cuando dejamos todo atrás vamos en busca de lo que no pudimos conseguir en donde estábamos, y que el valor que tenemos al decidir emigrar es el mismo que necesitamos para seguir al pie de la lucha.

Toda persona que ha emigrado, o que tiene algún amigo o familiar que lo ha hecho, encontrará algo que lo identifique con esta historia y que lo hará experimentar nuevamente aquel sentimiento o aquel momento en que comenzó esa aventura que perdurará en su corazón eternamente.

Este libro nos muestra cómo el amor, al final de mucho sufrimiento, puede más que el odio que vive en el corazón de aquellos que no son capaces de aceptar en medio de su sociedad a otros seres humanos cuyo único delito es el ser inmigrantes.

Asimismo, esta historia nos muestra cómo el amor no sólo es capaz de cambiar nuestras vidas, sino el rumbo de todo un país, luchando por los ideales de la gente, para que sean escuchados más allá de lo impensable, y así lograr un impacto en la comunidad y en la nación.

PRIMERA PARTE

Todos los noticieros esperaban el momento en que el presidente de los Estados Unidos de Norteamérica saliera a firmar la tan esperada y necesaria ley que legalizaría a casi doce millones de inmigrantes indocumentados que radicaban en el país. Era una noticia que no sólo acaparaba la atención del pueblo estadounidense, sino del mundo entero, pues desde la amnistía otorgada en 1986 por el ex presidente Ronald Reagan, no se había logrado nada a favor de los inmigrantes que acuden a ese gran país en busca de mejores oportunidades. Habían llegado reporteros de todas partes del mundo para ser testigos del momento histórico, pues al fin la Cámara de Representantes y la Cámara de Senadores habían llegado a un acuerdo para aprobar la reforma migratoria. Mientras que en el estado de Arizona un pequeño grupo de racistas antiinmigrantes protestaba por dicha ley, en ciudades como Los Ángeles, Chicago y Miami se celebraba con euforia este gran triunfo.

No sólo era un logro por la aprobación de la reforma, sino que también marcaba el fin del racismo y la discriminación, que habían hecho tanto daño a la comunidad, en la cual el único delito era vivir y trabajar sin documentos legales. Esta ley también castigaría con más fuerza los delitos de odio racial contra la comunidad inmigrante, así como las injusticias perpetradas contra dicha comunidad.

La expectativa era aún mayor porque el presidente daría lectura a una carta escrita por el joven Luis Arriaga, y que había sido la que originó el cambio; una carta que había logrado despertar a una nación, y que llegó al corazón de los estadounidenses, quienes entendieron que era el momento de que las cosas cambiaran de rumbo en el país más poderoso del planeta. Una carta que se había difundido varios meses atrás a nivel nacional y que llevó a un pueblo formado por muchas culturas a unir su voz en una sola y a trabajar unidos con una sola misión, la misión que siempre ha llevado a Estados Unidos a ser una nación fuerte y sólida, y que demostraría al mundo que ese país sigue luchando por el bien de la humanidad.

Todo comenzó hacía un poco más de un año, en los primeros meses del 2007, en Sylmar, una tranquila ciudad en el sur de California, que tenía una vida muy tranquila después de haber pasado una época muy ajetreada, llena de disturbios ocasionados esencialmente por el alto grado de pandillerismo resultado de los conflictos raciales entre pandillas latinas y de afroamericanos, que luchaban por el poder en la venta de drogas y control territorial. Se luchaba también por una salida al odio racial existente en aquellos tiempos. Sylmar era una ciudad poblada predominante por hispanos, en un 85%, y un restante 15% por una población diversificada de afroamericanos, blancos y asiáticos.

La tranquilidad reinante en las horas de la tarde en el boulevard Polk era borrada por el ruido abrumador de la escuela preparatoria local, en donde se disputaba la final del campeonato de fútbol americano entre los "Spartans" y los "Tigers", estos últimos de la escuela preparatoria de San Fernando, una ciudad vecina. Ambos equipos eran acérrimos rivales, y en numerosas ocasiones se habían enfrentado; los jugadores de los dos bandos jugaban con gran entrega para llevar el tan deseado trofeo a su escuela.

En el último cuarto del juego, el mariscal de campo Luis Arriaga hizo un largo pase al receptor que se encontraba descubierto, y así hicieron la última anotación con la cual lograron el triunfo que los llevó a obtener el quinto campeonato para los Spartans. Luis entonces celebró la victoria con sus compañeros y los demás estudiantes que abarrotaron la cancha para la coronación del equipo triunfador. Entre la multitud se encontraba Zina, novia de Luis desde hacía tres años. Ellos habían iniciado su relación desde que habían comenzado la preparatoria juntos, y habían enfrentado miles de barreras para poder mantener su romance, debido a conflictos raciales por parte de la familia de Zina y desigualdades sociales entre las familias de ambos.

– Estuviste grandioso en este juego, mi amor–le dijo Zina–; sabía que esta vez nos llevaríamos el triunfo después de tres años sin lograrlo. Estoy orgullosa de ti y de todo el equipo.

– Gracias, mi amor–contestó Luis–. Espero que ahora sí estés con nosotros en la celebración de esta noche, ya que no has podido acompañarme a los entrenamientos, porque tus papás no te dejan. Pero ya llegarán mis tiempos, y yo seré el que no los deje verte.

– No seas gracioso–contestó ella–. Ya me las ingeniaré para no fallar esta noche. Esta celebración no la puedo dejar pasar. Mi mamá, como siempre, ya me ayudará a inventar algo y ahí estaré.

Zina era una linda joven de dieciocho años y sobresaliente estudiante de la escuela. Provenía de una acomodada familia de origen coreano: era hija de Tamara Lee, ama de casa, y Jack Lee, un influyente concejal del ayuntamiento del Valle de San Fernando, que había sobresalido por su liderazgo en su comunidad y una lucha incesante por los derechos humanos. Siempre se había opuesto a la relación de su hija con Luis, porque prefería que Zina terminara los estudios antes de que se involucrara en una relación amorosa seria.

Luis, por su parte, era un gran estudiante y un gran líder en su comunidad por sus aportaciones a diversas actividades en la escuela, así como por su gran compasión y apoyo en muchas otras áreas. Había ayudado en desastres naturales como los huracanes que afectaron las zonas costeras de Estados Unidos, y en catástrofes de otros países recolectando víveres para ser enviados por la Cruz Roja Americana.

La batalla para ver a su novia era muy complicada, pues Zina vivía un poco lejos de la escuela. Aunque no pertenecían al distrito, sus padres habían decidido matricularla en la preparatoria de Sylmar, pues, a pesar de que varios años atrás la escuela había tenido un alto grado de deserción escolar y había sido un refugio para vagos y pandilleros, en esos años se encontraba en sus mejores momentos, y mantenía un nivel académico de gran altura. Además era una escuela *magnet* en Matemáticas y Ciencias, por lo cual ciertos estudiantes que habían cursado la escuela secundaria en otra escuela *magnet* tenían la posibilidad de seguir estudiando en cualquier escuela con las mismas características, de acuerdo a su especialidad. Debido a esto, muchos de los estudiantes provenían de diferentes lugares del Valle, incluso algunos procedían de fuera de los límites de la ciudad de Los Ángeles. Zina no era la excepción; ella acudía de la ciudad de Encino, una ciudad de clase media alta que se encontraba en los límites territoriales del Valle de San Fernando y la ciudad de Los Ángeles; esto ocasionaba que la mayor parte del tiempo Tamara, la madre de Zina, la transportara de ida y vuelta a la escuela, y en algunas otras ocasiones, su mismo padre era el que la llevaba a la escuela o la recogía de ahí.

Cada quien se retiró a su casa para alistarse para la celebración. Zina recurrió a la ayuda de su mamá y de su mejor amiga, Susan. Susan había ido a casa de Zina para pedir a sus padres que la dejaran pasar con ella una pijamada en su casa, y les ofreció que su mamá la llevara y la recogiera al siguiente día. Su padre estuvo de acuerdo; no podía ser tan estricto con su hija, pues sus notas en la escuela eran buenas, y aunque su mayor anhelo era que ella diera prioridad a sus estudios, sabía que algo de vida social también era importante.

– Creí que no vendrías, pero me da mucho gusto verte, cariño. Hoy vienes más bella que nunca. Ya me imagino todos los problemas que debiste de haber pasado para estar aquí–le dijo Luis a Zina, cuando se encontraron en la celebración–. En fin, no perdamos el tiempo en cosas que no importan, y disfrutemos de la fiesta.

La reunión se llevó a cabo en casa de Joe González, el entrenador del equipo, quien se había comprometido con la escuela y con los padres de los estudiantes para asegurar que la celebración se llevara a cabo con tranquilidad y que no hubiera consumo de alcohol ni drogas. También era responsable de mandarlos a sus casas temprano y en una situación segura, ya que en algunas otras reuniones entre los estudiantes, las cosas se habían salido un poco de control debido a la falta de supervisión de un maestro.

En la fiesta se encontraba Norberto Medina, el mejor amigo de Luis, también integrante del equipo de los Spartans, y que había comenzado en el equipo al mismo tiempo que él, y debido a su gran amistad y dedicación siempre pudieron hacer una buena mancuerna en el equipo. Ambos destinaban gran parte de su tiempo libre a tener prácticas extras entre ellos y con algunos otros integrantes del equipo, lo cual ayudaba no sólo en el rendimiento e integración de los jugadores, sino a planear estrategias para conseguir el triunfo.

Luis y Zina charlaron y se divirtieron al máximo esa noche haciendo planes para su futuro, tanto en su vida personal como en lo relacionado a sus estudios, ya que ambos estaban en su último año y sólo faltaban algunos meses para concluir el ciclo escolar. Los dos habían decidido cuál sería la carrera con la que continuarían; Luis quería ser ingeniero en computación y Zina quería continuar en el mismo ramo que su padre, Ciencias Políticas. También hicieron planes a largo plazo; se casarían al terminar sus respectivas carreras. Estaba muy claro el amor entre ellos; sólo hacía falta que el tiempo corriera para cumplir el sueño de estar juntos para toda la vida.

– Yo quisiera que al menos tuviéramos tres hijos–dijo Luis en una forma burlona, pues sabía que ella quería tener dos como máximo, pero le gustaba hacerla enojar al intentar que cambiara su modo de pensar.

– Tendremos sólo dos–dijo ella–; un Luisito y una Zina–y soltando una carcajada, continuó–, bueno, que sea lo que Dios nos quiera mandar; si nos manda tres, pues ya será porque tú lo pides con mucha insistencia. Sólo que me tendré que salir de trabajar para cuidarlos, así que vete preparando para tener dos trabajos.

Los dos aprovechaban cada momento que pasaban juntos para bromear y reír de todo lo que les acontecía, haciendo planes y discutiendo por algo que aún estaba lejos de llegar a sus vidas.

Pasada la media noche, Norberto ofreció llevarlos de regreso a sus casas, y luego de pasar a dejar a su novia, Ximena, se dispuso a llevar a Luis y Zina a la casa de Luis para que éste llevara a Zina a casa de su amiga Susan. En el camino a casa de Susan decidieron estacionarse un rato al lado del parque Carrizos, sobre la avenida Polk, y observar la luna que los identificaba con su amor, ya que esa noche era de luna llena, igual que la del día que se conocieron y que quedó plasmada en un flechazo a primera vista. Con la emoción aún a flor de piel, charlaron por largo rato y al final, bajo la luz de la luna, fundieron sus cuerpos en uno solo y consumaron su amor con infinita ternura bajo esa luna que era testigo silencioso de esa gran entrega. Ese amor ya llevaba tres años, y cada vez lo sentían más profundo en sus corazones, a pesar de los grandes obstáculos que debían enfrentar cada día.

Luis Arriaga era un corpulento atleta de diecinueve años de edad e inmigrante de origen mexicano proveniente del estado de Jalisco. Emigró a los Estados Unidos a la edad de doce años, cuando falleció su madre, y siempre sobresalió tanto en la escuela como en su comunidad gracias al gran carisma que tenía. Su hermano mayor, Pablo, había emigrado a los Estados Unidos tres años antes que Luis con la ilusión de ayudar a la familia a llevar una vida mejor. Aunque él había trabajado desde los quince años, el dinero no alcanzaba para el sostenimiento de la familia, ya que él y sus hermanos habían quedado huérfanos de padre algunos años atrás y el único ingreso que llegaba era el de su mamá. La situación en el país no era del todo prometedora, y era casi imposible completar los gastos de una familia de cinco integrantes.

Pablo, al llegar a los Estados Unidos, se había acomodado con una buena familia que lo ayudó a encontrar trabajo rápidamente en la ciudad de San Fernando. La familia también lo ayudó a acomodarse en una escuela de inglés para que no sólo trabajara y mandara dinero a su familia, sino para que también se preparara para un mejor futuro. Pablo pronto se acostumbró a la vida del norte, y en la fábrica en la que trabajaba haciendo partes ortopédicas, conoció a Norma, una ciudadana estadounidense con la que, después de casi dos años de noviazgo, contrajo nupcias. La vida pronto le dio frutos a Pablo, y en el año 2000 se convirtió en residente legal de Estados Unidos, con lo que se facilitó su situación para ayudar aún más a su familia, en especial a su madre, cuya salud se había deteriorado debido a la carga que llevaba, ya que aunque recibía la ayuda de Pablo, todavía tenía que seguir trabajando. Ese mismo año, la mujer cayó en cama con una enfermedad terminal, y a finales de ese año falleció y dejó a sus hijos menores, Luis de doce años, y María, de ocho, a cargo de la abuela Andrea.

Para cumplir su promesa de cuidar a sus hermanos, Pablo decidió llevar a los Estados Unidos a su hermano Luis para guiarlo y educarlo y darle un ejemplo y una vida mejor. Dejó a María en manos de su abuela, que ya tenía sesenta y dos años; sin embargo, Pablo tenía la esperanza de poder llevarlas con él algún día y tener nuevamente una vida juntos.

ADAPTÁNDOSE
A UNA NUEVA VIDA

A finales del año 2000, Luis llegó a los Estados Unidos a casa de su hermano Pablo y su esposa Norma, y fue inscrito en la escuela secundaria de Sylmar en California, lugar donde aprendió rápidamente el idioma y comenzó a tener excelentes notas, respondiendo a la dedicación que pusieron su madre y su abuela en su educación, y que lo había llevado a ser un estudiante sobresaliente aun con la barrera del idioma, que como todo emigrante debía superar. Así pues, el primer año logró tener los mejores resultados de su clase.

En septiembre del 2001 todo cambió no sólo para los ciudadanos norteamericanos, sino para el mundo entero, pues los atentados más cobardes de la historia de los Estados Unidos fueron perpetrados por el grupo terrorista Al-Qaeda y cambiaron para siempre la vida dentro y fuera del país, tanto para los estadounidenses como para los inmigrantes, que fueron los más afectados, pues toda persona extranjera y sobre todo ilegal, corría el riesgo de ser acusada injustamente, además de que esto conduciría a retrasar y hacer, en algunos casos, impensable una legalización masiva para millones de inmigrantes que ya radicaban en el país.

A principios del 2002 la compañía donde trabajaban Pablo y Norma se mudó a otro estado y ellos decidieron no seguir a la empresa, pues estaban adaptados a la vida de California y sabían que sería muy difícil iniciar una nueva vida sin conocer a nadie y dejando a sus amigos y familiares atrás, especialmente Norma, que tenía a casi toda su familia viviendo cerca de ellos. Pablo, por su parte, sabía que Luis ya se había adaptado a esa ciudad y que sería muy difícil para él volver a emigrar, pues mucho había ya batallado a su corta edad.

Norma y Pablo comenzaron a buscar nuevas oportunidades de trabajo pero no tuvieron suerte inmediatamente, lo que ocasionó que sus ahorros se terminaran. Durante su búsqueda de trabajo encontraron la posibilidad de integrarse a las fuerzas armadas de los Estados Unidos, en el Ejército, ya que a causa de los atentados del 9-11 se habían abierto muchas áreas de trabajo y la oportunidad de servir a la patria. Lo anterior les daba la ocasión de comenzar una nueva carrera financiada por dicha institución, dado que mientras eran entrenados, los reclutas se capacitaban en ciertas áreas y más adelante podían especializarse en esa carrera.

Los dos estaban muy interesados y se sentían muy optimistas, y esperando contar con el apoyo de sus familiares, decidieron hablarles de sus planes; lo único que los detenía un poco era que Luis vivía con ellos y tendrían que dejar su hogar, pues se establecerían en una base militar. Norma estaba muy apegada a sus padres y hermanos, pero ellos inmediatamente mostraron su apoyo incondicional hacia ellos, pues no sólo se les estaba presentando una nueva oportunidad de trabajo, sino que también iban en defensa de esa gran nación que había sido atacada y necesitaba la mayor ayuda posible por cada ciudadano del país.

Pablo, por su parte debía encontrar qué hacer con Luis, ya que él era el absoluto responsable de su hermano y ambos estaban muy acoplados uno con el otro, y Luis había expresado sentirse muy feliz de vivir con él, pues comprendía todo el sacrificio que había hecho no sólo por él sino por su familia, ya que todavía era el soporte de su abuela y su hermana en México. Luis se portó muy maduro y responsable, y apoyó incondicionalmente a Pablo y Norma, dándoles la opción de que él se fuera a vivir con su tía Lupita, prima hermana de su difunta madre y que era el único pariente de ellos en este lado de la frontera. Ahora, pues, la última palabra la tendrían su tía y su esposo, que no tenían una vida muy cómoda; los dos trabajaban y los dos se encargaban de educar a sus hijos, Marcos, de siete años, y Andrés, de trece, este último asistía a la misma escuela que Luis. Ellos, entendiendo la situación y a sabiendas de que Luis era muy responsable y muy buen estudiante, y que estaba alejado de drogas y malas amistades, decidieron ayudar en la situación y apoyarlos, y Pablo se comprometió a ayudarlos con la manutención de Luis y a estar al tanto de su educación así como de sus actividades, pues tendría, para comenzar, dos fines de semana libres al mes.

Pronto Luis se adaptó a su nueva familia y se hizo partícipe de las actividades de todos. Para comenzar, la familia era parte de la comunidad de la iglesia local, Santa Rosa de Lima, y acudía regularmente a la misa dominical, en la cual Andrés, el hijo mayor de la tía Lupita, era integrante del coro de jóvenes de la iglesia y estaba inscrito en el grupo de preparación para confirmación de los jóvenes. Luis se inscribió al grupo y así los dos primos iban juntos, con lo que mejoró su amistad, independientemente de su parentesco. Ese año ambos se graduaron de la secundaria, y como era de esperarse, Luis recibió grandes honores por su gran dedicación y esfuerzo durante los tres años de estudio, y fue acompañado por su familia y los ya nuevos soldados, su hermano Pablo y su cuñada Norma.

Aquella noche de la final de fútbol, después de consumar su amor, Luis y Zina hicieron planes para su vida, ya que era el último año escolar y Zina había sido aceptada en la Universidad de California en los Ángeles, la UCLA, para estudiar la carrera de Ciencias Políticas, pues había decidido seguir los mismos pasos que su padre, mientras tanto Luis, debido a su situación migratoria y a pesar de que se graduaría con las calificaciones más altas de la escuela, no recibiría los honores y no tendría la oportunidad de ingresar directamente a la Universidad, ya que no existía ayuda económica para estudiantes indocumentados para financiar sus carreras, por lo cual debía continuar sus estudios en el colegio local, Mission College, mientras solucionaba su situación legal, proceso que se mantenía detenido, pues las peticiones familiares eran un proceso bastante lento para cambiar el estatus legal de los solicitantes.

Pronto los preparativos para la graduación eran una realidad, y como un líder nato, Luis fue el orador en el día de la celebración. Luis no sólo era querido en la escuela por el papel que desempeñaba como jugador, sino también por el apoyo que daba a la preparatoria en todos los ámbitos; además de pertenecer al consejo estudiantil, siempre fue un líder cuando se necesitaba cualquier clase de ayuda, pues estaba siempre dispuesto a participar en actos cívicos y humanitarios como los ocurridos a finales del año anterior en que el estado de Louisiana fue inundado por los movimientos de los diques a consecuencia del huracán Katrina. Luis, junto con el consejo estudiantil de la escuela, puso su granito de arena participando en el proceso de ayuda humanitaria, en conjunto con la Cruz Roja Americana, para la recolección de víveres, así como ayudando con la distribución de comida y ropa para los damnificados en el gran desastre. También, aprovechando su gran carisma para ayudar a su comunidad y a quien necesitara de él, fue parte del grupo de ayuda en el proceso de reconstrucción. Trabajaba además en actividades en su parroquia formando equipos de ayuda para gente necesitada, y asistía a las personas sin hogar en la ciudad de Los Ángeles, llevándoles comida y platicando con ellas; la sensibilidad de los desamparados le tocaba el corazón cuando ellos le hablaban de su situación, y entendía el trance por el que pasaban en esos momentos.

Luis había sido un constante e intenso participante en las manifestaciones llevadas a cabo en mayo del 2006 en las marchas pro inmigrantes, pues él también, como inmigrante, y a pesar de ser tan joven, tenía plasmado en su piel el sentir de ser indocumentado y entendía las políticas estadounidenses, así como las de algunos grupos antiinmigrantes que expresaban su repudio para los "ilegales" que acudían al país a "quitar" el trabajo a los estadounidenses. Luis no dejaba de mostrar su repudio a estos grupos, así como por la gente conformista que, aun siendo indocumentada, no salía a apoyar la causa. En su escuela y en su parroquia, así como en las calles o lugares de trabajo de sus conocidos, pedía a las personas que fueran y apoyaran la causa, que más que una demanda en favor los inmigrantes era una demanda por la igualdad, ya que los grupos antiinmigrantes mostraban su odio a los grupos no sajones en general.

Luis buscaba siempre dentro de su escuela apoyar a estudiantes nuevos que sufrían los abusos de otros compañeros o que no lograban adaptarse a los demás, ya fuera por su situación personal o porque apenas fueran llegando de otro lugar. También era parte fundamental de su equipo, ya que ayudaba mucho a su entrenador haciendo trabajos de adaptación y selección de nuevos jugadores, así como entrenando uno a uno a sus compañeros para mejorar el rendimiento de los jugadores.

Esa tarde no recibió los honores por sus logros y por sus calificaciones por la simple razón de ser indocumentado, pero sí recibió una gran ovación de todos los estudiantes cuando lo nombraron como el estudiante más sobresaliente de su generación, y su gran premio fue sentirse querido por todos sus compañeros, así como que Pablo y Norma hubieran asistido a la graduación. Esa tarde Luis encontró el valor para hablar con los papás de Zina para hacer oficial su relación con ella. El padre de la chica, aunque no estaba muy de acuerdo, no puso mucha oposición pues su hija había cumplido con terminar la preparatoria y además había recibido honores como una excelente estudiante; también tuvo la cortesía de felicitarlo por su nombramiento y cuestionó el que no hubiera recibido los honores que le correspondían. También les pidió a los dos que vieran primero por sus carreras antes de llevar más allá su relación, pues lo más importante era el tener una buena educación para poder tener una vida mejor al ser adultos.

Al día siguiente, la celebración estuvo en grande en casa de la tía Lupita, pues era costumbre de la escuela que todos los estudiantes se fueran a celebrar juntos en su último día. Pablo le aseguró a Luis que lo seguiría apoyando hasta donde él quisiera llegar, y aunque aún estaba enlistado en el Ejército, seguiría velando por él y por su familia en México. También con ellos estaba Norberto, el mejor amigo de Luis, quien se había graduado con ellos, así como su primo, al cual le tomaría tan sólo un año más finalizar la preparatoria. Esa noche Luis habló formalmente con su familia acerca de su relación con Zina y les hizo saber que lucharía por ella, pero que estaba dispuesto a seguir con las reglas del señor Jack, papá de Zina, quien les había pedido que terminaran sus estudios antes de cualquier otra cosa. Aprovechó Luis para preguntar a su hermano acerca del proceso migratorio que habían iniciado y le pidió que hicieran lo posible por acelerarlo, aunque lamentablemente poco se podía hacer, ya que cuando un residente permanente ingresa una solicitud de residencia para un hermano, el proceso toma de diez a quince años; el único beneficio de haber metido la aplicación era que estaba protegido bajo la Ley 245i, la cual permite a los solicitantes hacer todo el proceso sin tener que salir del país para hacer su ajuste migratorio, pero también limita a los solicitantes a no salir del país antes de completar el trámite, ya que si lo hacen podrían perder la oportunidad de recibir su residencia y tendrían que esperar al menos diez años antes de iniciar cualquier otra solicitud para un ajuste migratorio. Pero Luis estaba preocupado porque puesto que había terminado la preparatoria tenía que salir a buscar un trabajo al menos de medio tiempo, y necesitaba algún número de seguro social para poder conseguirlo, así como para poder obtener una licencia para conducir, pues en el estado de California no se concedían dichas licencias a los indocumentados.

Para esos días recibieron la noticia que la abuela Andrea había enfermado de gravedad debido a su avanzada edad y a complicaciones ocasionadas por la diabetes que se le había diagnosticado algunos años atrás. Aunque se cuidaba todo lo que podía, la edad era un factor determinante para que la mujer decayera repentinamente; además recibía poca atención, pues sus nietos estaban en el Norte y el único hijo que vivía en la ciudad era un agente de ventas que trabajaba muchísimo y viajaba constantemente y, en consecuencia, tenía muy poco tiempo para dedicarle. Así que únicamente contaba con el apoyo de su nieta María, hermana de Luis, quien hacía lo posible por ayudar, pero no tenía la madurez necesaria para hacerse cargo de semejante compromiso.

Luis llamó al día siguiente, como acostumbraba hacerlo, y platicó con su hermana sobre la salud de su abuelita.

– Creo que ya se va recuperando–dijo María–, pero el doctor nos dice que ella debe cuidarse mucho más de lo que lo hace, pues una recaída podría traerle muy malas consecuencias, y tú ya sabes cómo es ella.

– Pues tú trata de cuidarla–dijo Luis con un tono de preocupación–; insístele en que al menos no deje de tomarse sus medicinas a tiempo; porque si por ella fuera no se las toma, y eso sí que es de lo más perjudicial para ella.

Como ya era costumbre, Luis insistió a su abuela para que fuera a los Estados Unidos cuando menos de vacaciones, aunque de antemano él sabía que jamás aceptaría; lo cual era la razón por la que tampoco su hermana María se había ido, ya que no quería dejar a su abuela sola.

La abuela Andrea decía que el Norte era sólo para separar familias, y que ella jamás iría ni siquiera de visita. Por lo regular así es como piensan la mayoría de nuestros padres, que viven unas vidas humildes pero felices. Ese mismo mes, Pablo y Norma decidieron aprovechar las dos semanas de vacaciones que tenían y compartirlas con la abuela, que había sido una madre para los tres hermanos, gastando su vida dedicándola exclusivamente a ellos. Con esa visita, la abuela Andrea y María se quedaron muy tranquilas, pues el hecho de que las visitaran era un gran aliciente para la abuela; Luis, por su parte, dejó de preocuparse, al menos por unos días, pues su hermano sabía cuidar muy bien de la abuela Andrea.

Luis decidió salir en busca de trabajo nuevamente y visitó algunos de los lugares en los que había laborado temporalmente cuando estaba de vacaciones, pero no tuvo mucha suerte al principio, pues esta vez buscaba un trabajo de tiempo completo y resultaba más complicado acomodarse, lo que lo llevó a buscar en otros lugares, e ingresó varias solicitudes en algunas fábricas del área, incluso en el centro industrial de Valencia, que se encuentra como a veinte minutos al norte del Valle de San Fernando. También llenó algunas solicitudes por internet. Pronto se dio cuenta que necesitaría documentos que lo validaran para trabajar; fue eso lo que lo llevó a comprar los llamados "documentos chuecos" para poder conseguir empleo. Zina inmediatamente se opuso, pues sabía lo delicado del asunto; si era descubierto, corría el riesgo de arruinar su proceso migratorio, el cual, aunque iba lento, ya tenía un gran avance. Además, los dos sabían que si al llegar el momento de casarse aún no estaba terminado, podrían acelerarlo, pues cuando un inmigrante se casa con un ciudadano americano, el proceso se acelera siempre y cuando el solicitante esté protegido bajo la Ley 245i, el cual era el caso de Luis.

Aun con la oposición de Zina, Luis se movilizó a conseguir los documentos, y en menos de dos semanas logró conseguir un excelente trabajo como técnico en computación en una empresa local, dado que ya contaba con cierta experiencia por las ocasiones en que había trabajado con un amigo de la familia.

oOoOoOoOoO

El tiempo siguió su marcha sin grandes cambios. Zina estaba ya por terminar su primer semestre en la UCLA y su nivel escolar era excelente, como cuando estaba en la preparatoria. Por su parte, Luis también estaba por completar su primer semestre de las clases básicas del Mission College en Sylmar, y sus calificaciones eran también sobresalientes. Lo que no mejoraba era la salud de la abuela Andrea, que nuevamente se veía afectada por su diabetes así como por su avanzada edad.

– Luis, últimamente te he notado un poco distraído, ¿qué es lo que te está pasando?–preguntó Zina–. Andas muy serio y hasta parece que no duermes bien; traes unas ojeras muy marcadas, ¿qué es lo que te pasa? Espero que no andes en malos pasos.

– No, claro que no–contestó Luis–. Hay muchas cosas que me tienen intranquilo. Al parecer la fábrica en la que trabajo va a hacer recorte de personal y yo, al ser el más nuevo en mi departamento, temo quedarme sin trabajo, y pues ya sabes lo difícil que es para mí salir a buscar, por lo de los documentos; ya ves, con tanto que dicen en las noticias, lo penado que se ha vuelto. Además, mi abuela Andrea tuvo otra recaída y tengo miedo de que algún día me llegue a faltar y me cargue en la conciencia toda la vida por no haber podido ir a verla.

– ¿Y qué dice el abogado de tu caso? A veces pienso que ni siquiera está haciendo su trabajo como se debe–dijo Zina.

– No creo que sea ése el caso. Este abogado tiene muy buena reputación. Simplemente el proceso es largo, y la última vez que lo vimos dijo que aún faltaban al menos cuatro años. Parece que nunca va a llegar la fecha–dijo Luis.

– ¿Y por qué no vamos a hablar con él para ver si se puede sacar un permiso humanitario? En realidad tu abuela está enferma; creo que sí te lo darían–dijo Zina.

Esa misma tarde fueron los dos a las oficinas de Migración, en la ciudad vecina de Santa Clarita, para tratar de conseguir más información sobre el permiso humanitario.

– Es muy difícil y muy arriesgado–sentenció el abogado–, pues se supone que no debe salir mientras está en proceso, y aunque en algunos casos sí se ha otorgado este permiso para algunos solicitantes, de igual manera ha habido casos en que el inmigrante que está en la línea no lo hace válido y no los deja pasar. Y si por casualidad se cruza el día de tu cita para el ajuste migratorio, si te toca un agente muy estricto, puede que cancele tu caso, porque aunque hayas salido con el permiso humanitario, la ley señala que no debes salir del país mientras que estás en el proceso.

– ¿Y habría alguna manera de acelerar este proceso?–preguntó Zina.

– Bueno, la única forma de que se aventaje es que ustedes dos se casen y así se pueda cambiar el procedimiento, lo cual podría llevar a lo sumo seis u ocho meses a partir de que se introdujo la solicitud; de otra forma tendrían que seguir esperando, y de acuerdo a la fecha de preferencia, en su caso les tomaría todavía de cuatro a seis años.

Tristes por la respuesta, salieron de la oficina y se reunieron en la casa de la tía Lupita, dado que a la siguiente semana Pablo saldría nuevamente a una misión en Afganistán. Norma, por su parte, se quedaría en servicio en los Estados Unidos, pues esperaban con alegría su primer hijo, fruto de sus ya casi ocho años de matrimonio.

Esa tarde Zina hizo una propuesta que pensó que podía ayudar en algo a la situación familiar.

– ¿Qué pensarían ustedes si Luis y yo nos casamos por lo civil únicamente y así aceleramos el proceso migratorio?

Nosotros estamos completamente seguros de nuestro amor, y así él ya podría viajar y ver a su abuelita, que tanto lo necesita, y él estaría más tranquilo y más concentrado en la escuela y el trabajo. No sé si ya les dijo que quizás hagan recorte de personal en su fábrica y quizás él sea uno de los afectados por ser de los más nuevos. Por otra parte, yo estoy dispuesta a ir a México con Norma en estos días para apoyar un poco a María y darle una ayudadita con la abuela Andrea.

– Tú sabes que tu padre nos mataría–contestó Luis–. Él ha sido muy claro con nosotros, y además nos ha apoyado hasta el momento; no quisiera defraudar su confianza. Además él no sabe que soy indocumentado, y no quiero saber cómo reaccionaría cuando se dé cuenta. Recuerda que sólo nos faltan tres años para concluir nuestros estudios y entonces sí podríamos hacer nuestra vida juntos, pero con el consentimiento de él.

– No hay forma de que se dé cuenta; ya somos mayores de edad y no necesitamos la aprobación de nadie para casarnos–contestó Zina–. Sólo necesitamos casarnos y llevar el acta de matrimonio al abogado y ya. Recuerda que el abogado dijo que de seis a ocho meses podrías recibir tu tarjeta verde y así podrías viajar a México a visitar a tu familia. Creo que es lo más fácil y lo más práctico. Si lo hacemos calladamente, mi padre nunca se enterará.

Después de unos minutos de silencio y meditación, Pablo y Norma coincidieron con Zina y convencieron a Luis de que eso podía ser lo mejor no sólo para él, sino para toda la familia, pues Pablo estaría al menos cuatro meses fuera del país en una asignación especial y quería irse tranquilo, pues eran muchas las cosas que le preocupaban: la tranquilidad de Luis, el bienestar de su abuela y el bebé que venía en camino; Norma tenía ya casi cuatro meses de embarazo y él regresaría cuando estuviera a punto de nacer su primogénito.

Esa misma semana, antes de que Pablo partiera a su nueva misión, acudieron todos a la Oficina de Matrimonios en el boulevard Van Nuys en la ciudad de Pacoima y Zina y Luis se unieron en matrimonio civil. Estuvieron con ellos la tía Lupita, junto con su esposo; Pablo y Norma; y Norberto, junto con su novia Ximena quienes fueron los testigos oficiales en la unión matrimonial. Felices por lo que siempre había sido su sueño, aunque sabiendo que sólo era para salir de un problema, se fueron a festejar a la casa de la tía Lupita e hicieron planes para tiempos venideros, en los cuales esperaban un mejor porvenir.

Ese fin de semana Pablo partió junto con las tropas estadounidenses rumbo a Afganistán, confiando en que la situación de Luis estaría un poco mejor y que Norma y Zina irían de visita a México a pasar unos días con la abuela Andrea, cosa que había alegrado bastante a la abuela y a María.

A los pocos días, Norma y Zina salieron con rumbo a la ciudad de Guadalajara, y en el camino Zina iba practicando el poco español que había aprendido con Luis. Con todo esto, Luis se quedó más tranquilo por los siguientes días, pues tenía la confianza de saber que, aunque el aún no podía estar allá, su abuela estaría en buenas manos, cuando menos mientras se recuperaba de la última recaída; además ya tenía la posibilidad de acelerar su proceso migratorio y podría ver por su propia cuenta la situación de su tan querida abuela.

La espera fue eterna para recibir la llamada de su amada Zina, quien le dio detalles de lo que acontecía con su abuela. Zina, además de cuidar de la abuela por unos días e informar a Luis de lo que sucedía, pudo darse cuenta de la situación en México, pues el desempleo era muy alto, y unos familiares de ellos batallaban para conseguir aunque fuera sólo un trabajo temporal. Además, el gobierno no hacía mucho por mejorar la situación de la población en general, y la gente tenía que buscar sus propios medios para salir adelante, razón por la cual los ciudadanos mexicanos seguían emigrando en busca de nuevas oportunidades.

Zina estaba emocionada por el gran amor que la abuela Andrea tenía por sus nietos, y entendió en toda su magnitud la preocupación de Luis, pues ella había sido una madre para él y se notaba en las palabras de la anciana el sufrimiento por tener a sus nietos lejos de ella y por no poder compartir cada triunfo con ellos y poder abrazarlos en los momentos de infortunio o de tristeza. Zina también comprendió la gran devoción a la Virgen de Guadalupe, la patrona mexicana, a la cual doña Andrea encomendaba todos los días sus oraciones por el cuidado de sus hijos, tanto de su pequeño Luis como de Pablo, que arriesgaba su vida diariamente en el frente de batalla, y aunque quizás no comprendía el porqué de la guerra, lo apoyaba y lo tenía siempre en sus oraciones.

Zina estuvo sólo por unos días en México, pues "la excursión" a la que había ido sólo duraba cuatro días, pero fue suficiente para brindar su apoyo de corazón a la familia de su amado. Norma, por su parte, se quedó algunos días más. A su regreso a Los Ángeles, Zina se reunió con Luis para ponerlo al tanto de todo lo acontecido en su visita a la ciudad natal de él, además para ponerse de acuerdo en la fecha que irían con el abogado, pues ya tenían con ellos el certificado de matrimonio para acelerar su proceso migratorio. El abogado recibió todos los documentos que había solicitado para cambiar el proceso del ajuste migratorio y así poder mandarlo. Ahora sólo era cuestión de esperar; el tiempo sería el aliado más importante en su delicada situación.

Unas semanas después, cuando todo parecía estar bajo control, pasó lo que tanto temían: la fábrica donde Luis trabajaba comenzó con los recortes laborales, y como ya se esperaba, Luis fue uno de los primeros en perder su empleo, al igual que otros muchos compañeros. Él no podía darse el lujo de estar sin trabajo, ya que a pesar de que Pablo seguía ayudando con los gastos de la abuela Andrea, ahora era responsabilidad de Luis salir al frente con todos los gastos, pues los soldados no reciben grandes sueldos. El arma más fuerte que Luis tenía era su educación. Luis debía salir rápidamente en busca de un empleo, pues las medicinas de la Abuela no podían esperar, y aunque tenía un poco de reservas de dinero, no le durarían por mucho tiempo.

Nuevamente el nerviosismo y la desesperación se apoderaron de Luis, que ya sabía lo arriesgado que era el salir a conseguir trabajo. Además, como debía traer con él los documentos falsos que había conseguido para trabajar, sabía que si se los encontraban esto sería un factor crítico para su situación migratoria; pero no podía quedarse de brazos cruzados: debía salir en busca de un nuevo trabajo. Durante la primera semana todo salió bien, pues logró que se recibiera su solicitud en varios lugares sin muchas complicaciones, y sólo quedaba esperar que de alguno le llamaran con la buena noticia de que sería contratado, pues en algunos lugares le habían dado muchas esperanzas, además de que los trabajos eran muy buenos y estaban muy bien remunerados.

Ese fin de semana, en camino a casa de Zina, sucedería algo que cambiaría para siempre el rumbo de sus vidas.

EL PRECIO DE SER INMIGRANTE

Ese viernes fue un día normal; Luis salió en busca de trabajo como cualquier otro; visitó varias compañías locales con la esperanza de acomodarse pronto, ya que llevaba casi dos semanas sin trabajo y sus escasas reservas de dinero estaban a punto de agotarse y no podía dejar de mandar, cuando menos, lo de las medicinas de la abuela Andrea. Alrededor de las tres de la tarde llegó a su casa un tanto emocionado por las respuestas de las últimas solicitudes que había ingresado, pues una compañía local casi le había asegurado que en unas dos semanas comenzaría a trabajar, lo cual lo motivó a llamar a su amigo Norberto para pedirle un poco de dinero y mandarlo a su abuela a México. Al poco rato pasó su amigo a recogerlo y lo acompañó a depositar el dinero en una tienda que estaba sobre la avenida Foothill en Sylmar, y así Luis se quedó un poco más tranquilo.

No era habitual que Luis llamara en viernes a México; usualmente llamaba en sábado o domingo, ya que entre semana estaba en la escuela o trabajando, pero esa tarde se sentía muy contento por los resultados de la búsqueda de trabajo, así que decidió llamar para compartir su alegría. La llamada sorprendió tanto a la abuela, que pensó por un momento que algo malo sucedía.

– ¿Cómo estás, Milita chula?–que era la forma en que Luis usualmente la llamaba–. Te acabo de poner unos pesos para tus medicinas y para que compres un refresquito, que ya sé lo mucho que te gusta; pero quiero que por favor no dejes de tomarte las medicinas, pues ya sabes lo importantes que son para tu salud, y como ya estoy a punto de ir a visitarte, quiero encontrarte en muy buen estado, pues vamos a ir a pasear a muchos lados y quiero que aguantes todo. Te voy a llevar a visitar a la Virgencita de Guadalupe, como ya te lo había prometido; además te voy a llevar a visitar a tu hermana Petra a Michoacán, que sé que tienes ya muchos años sin verla y me imagino las ansias que has de tener por visitarla.

La abuela lloraba en silencio como si algo presintiera; su corazón de madre le decía que algo no andaba bien. Aunque normalmente nuestras madres son fuertes y siempre quieren mostrar seguridad, por dentro sus sentimientos son los que mandan, y quizá estaba sensible por la recaída que había tenido últimamente. A su vez, Luis sentía como si su corazón quisiera salírsele de su lugar pues sentía el dolor y el llanto en las palabras de su "Milita", y el dolor de no poder abrazarla le calaba hasta los huesos. Un beso pudo haber sido la mejor medicina para los dos; un solo beso, que es una medicina mejor que ninguna otra, el efecto perfecto para curar ese dolor; el escucharse y saberse tan lejos es una pena inimaginable que uno sólo entiende cuando le toca vivirlo en carne propia; sólo el amor de una madre tiene la capacidad de sanar. Por su parte, la abuela Andrea tenía su corazoncito estrujado por las penas y por tantos años de soledad, pues aunque sus hijos le llamaban seguido y algunas veces Pablo iba a visitarla, no era lo mismo que tenerlos día a día a su lado y poder protegerse mutuamente. Una madre sabe que sus hijos están siempre más protegidos bajo sus alas aunque ahora, sin saber en qué momento pasó, sea ella la que necesita estar bajo la protección de los hijos.

Fue una plática bastante inusual; charlaron por poco más de dos horas y se prometieron mutuamente que lucharían porque el momento de verse nuevamente fuera mucho más pronto de lo pensado; Luis le explicó que quizá en menos de ocho meses iría a visitarla. Ella prometió que se cuidaría más y que no dejaría de tomarse las medicinas. Platicaron también de algunas experiencias que habían vivido cuando Luis estaba todavía en Guadalajara, y de algunos momentos graciosos en la infancia de él, recordando los momentos más gratos de su vida, que habían sido al lado de su "Milita", quien junto a su madre había dedicado su vida a guiarlo en los caminos de la vida, así como a darle las bases de la educación que tanto le servían en la lucha de todos los días, pues entonces se había convertido en un hombre de bien, y lo llevaría como un tatuaje en su alma por el resto de su vida.

También habló con su hermana María, a la que le dio muchas recomendaciones para el cuidado de su abuela, y de igual forma le agradeció por su gran dedicación al cuidado de ella.

– Te encargo lo más preciado que tengo en la vida–le dijo. Al colgar el teléfono los dos lloraron por un largo rato, como si presintieran que algo malo estaba por suceder, pero cada palabra que habían hablado fue un gran aliciente para seguir con su vida cotidiana. Después de reflexionar por un rato más, llamó a Zina y le dijo que pasaría a verla; habían pensado en ir a ver una película de estreno, pero la situación financiera no estaba como para malgastar; pero ir a ver a su novia era suficiente para él, y por supuesto también para ella.

Iba por el boulevard Hubbard, rumbo a la carretera 210, cuando, justo antes de cruzar la avenida Gleanox, un auto que circulaba en la dirección contraria perdió el control y fue a estrellarse de frente con el auto de Luis. El otro automóvil dio varias vueltas y se estrelló con la barda del centro comercial que se ubicaba del lado derecho. El carro de Luis sólo dio un giro y terminó estrellándose contra otro vehículo que se encontraba estacionado a un lado. Luis salió inmediatamente y corrió hacia el auto que lo había impactado; dándose cuenta de que no podía hacer mucho, decidió llamar al 911.

Mientras llegaban los bomberos y paramédicos, él y otras personas trataron de sacar a los pasajeros del otro carro, pero no tuvieron mucho éxito. A los pocos minutos llegó la policía y una ambulancia y comenzaron el proceso de rescate de los heridos. Hubo que forzar las puertas, pues todas habían quedado trabadas y no podían abrirse. Dentro del auto se encontraba la mujer que manejaba y dos niños como de seis y doce años. El mayor salió con las heridas más graves; al igual que la madre, se había estrellado contra el parabrisas y estaba inconsciente. Los heridos fueron llevados al hospital más cercano. Luis no presentaba grandes problemas; sólo un dolor en el cuello y en el brazo, pues al tratar de maniobrar sufrió un desgarre en el brazo derecho, mismo que fue atendido en el lugar y no hubo necesidad de llevar al muchacho al hospital, pero éste no podía retirarse hasta aclarar el accidente, al igual que los dos testigos que habían presenciado todo y que habían tratado de ayudar a los heridos.

El oficial se dirigió con Luis, que ya estaba más tranquilo, y le pidió sus documentos, la tarjeta del seguro del auto y licencia de manejar. Él le entregó sólo la tarjeta del seguro.

– No tengo licencia–dijo Luis–, pero yo no tuve la culpa. El otro carro perdió el control y se impactó conmigo.

Uno de los testigos se acercó y confirmó la declaración de Luis.

– No podemos hacer nada por ti, muchacho–dijo el policía–, a partir de este momento tú eres culpable del accidente por estar manejando sin licencia, y lo siento mucho, pero quedas arrestado, pues hubo heridos de por medio.

Así pues, le fueron leídos sus derechos y Luis fue esposado y llevado a la estación de policía de San Fernando. Ya en la delegación decidió hacer uso de la llamada a la que los detenidos tienen derecho y llamó a Zina para explicarle la situación. Ella inmediatamente llamó a Norma, la esposa de Pablo, y partieron hacia donde Luis estaba detenido.

Al llegar a la estación de policía, rápidamente pidieron información sobre Luis, el cual debía mantenerse sin visitas hasta que se hicieran las investigaciones necesarias, pues los heridos aún estaban en el hospital y los procedimientos legales no se lo permitían. Usando sus privilegios como militar, Norma logró hablar con Luis para que le explicara lo que había sucedido; así como para decirle que harían todo lo posible por sacarlo pronto de allí. Aunque sabían que iba a ser complicado, no le dijeron nada, pues no querían preocuparlo más de lo que ya estaba. El lunes por la mañana, Luis debía pasar a ver al juez para que le impusiera los cargos o para dejarlo en libertad, y Norma y Zina se presentarían a la corte como muestra de apoyo, aunque no sabían qué era lo que le esperaba al muchacho.

Los cargos eran claros; aunque la mamá y el hijo menor ya habían salido del hospital, el hijo mayor estaba en cuidados intensivos, y no se sabía qué tan pronta sería su recuperación; se hablaba de dos meses, pero era cuestión de esperar. La mujer testificó ante el juez que ella había perdido el control de su auto y afirmó que no presentaba ningún cargo en contra de Luis, pero aun así, por la falta de licencia de manejar, el cargo que se le imputaría sería intento de homicidio, pues el niño estaba grave y la falta de licencia inculpaba a Luis. El juez también aclaró que después de cumplir el tiempo por la sentencia sobre el accidente, el acusado debía pasar a un centro de detección de inmigración para ser investigado, pues entre sus pertenencias la policía había encontrado una identificación y una tarjeta de seguro social falsas, lo cual representaba un delito mayor y debería ser resuelto por un juez federal. Luis fue llevado de regreso a su celda, de donde sería trasladado a la cárcel del condado, donde pasaría el tiempo que el juez dictara, y donde la familia podría pelear el caso con la ayuda de un abogado. Con el llanto en los ojos, Luis y Zina se despidieron con una terrible sensación de impotencia y angustia, pues no sabían lo que el destino les tenía preparado.

Inmediatamente la familia se movilizó para buscar a un buen abogado que tomara el caso, y además Norma mandó un mensaje electrónico a Pablo hasta la base donde se encontraba. Pablo no pudo comunicarse hasta después de dos días, y, desorientado, pidió una explicación más clara del accidente; no podía creer cómo hacía sólo unos cuantos días todo estaba bien y ahora su vida había dado un giro de ciento ochenta grados. Ya al tanto de la situación, dio ciertas ideas para solucionar el caso y pidió a su esposa que hiciera todo lo posible por aclarar la situación y sacar a su hermano de la cárcel, y que evitara decirle a su familia en México, para no darle un susto a la abuela Andrea.

Las cosas no serían muy fáciles, pues la fianza era extremadamente alta y no había dinero para pagarla; lo mejor sería guardar lo poco que tenían para los honorarios del abogado, que tampoco iban a ser bajos, por lo que decidieron juntarse con la familia inmediatamente para pedir un poco de ayuda y así poder pagar la representación de Luis, la cual iba a ser bastante difícil, pues el juez debía esperar hasta que el niño saliera del hospital para poder reducir los cargos. El abogado reafirmó lo que el juez había dicho: mientras el niño no saliera del hospital debía permanecer el caso en espera para dar el veredicto final. También el abogado aclaró que él sólo trabajaría en el caso relativo al accidente, y que deberían comenzar a buscar a un abogado de migración que se especializara en deportaciones, ya que lo de los documentos falsos era sumamente delicado, y que en la mayoría de los casos los acusados eran deportados después de varios meses de luchar por ponerlos en libertad.

Pablo solicitó un permiso para viajar y poder estar al tanto del proceso de su hermano, pero sus superiores no encontraron razones suficientes para dejarlo ir, pues no era un asunto de vida o muerte y su batallón se encontraba en ese momento en una operación muy importante y no podían prescindir de su ayuda en ese momento; de manera que se conformó con que lo dejaran comunicarse diariamente para recibir noticias. Zina, por su parte, no podía ocultar su consternación e impotencia por no poder hacer mucho, así que en su siguiente visita decidió hablar con Luis sobre algo que ella creía necesario hacer.

– Esta noche voy a hablar con mi padre para pedirle su ayuda, pues quizá él pueda mover un poco sus influencias y sacarte de aquí–dijo Zina–. Sabemos que tu único delito fue no haber tenido licencia de conducir y la otra persona involucrada en el accidente no presentó cargos en tu contra, además de que se declaró culpable.

– No creo que sea prudente hacerlo–contestó Luis–; ya sabes cómo es de recto tu padre, y al enterarse de que soy indocumentado se pondrá furioso en contra de ti, y mucho peor si sale en el expediente que nos casamos a escondidas. No quiero imaginar todas las consecuencias que esto traería. Mejor habla primero con tu mamá. Creo que ella entenderá todo este enredijo; quizá no nos apoye, pero sé que no se pondrá en tu contra.

– Está bien–contestó Zina–; esta misma noche hablaré con ella y le platicaré toda la situación para que me sugiera qué hacer. Incluso ella podrá hablar con mi padre y poco a poco podremos ir diciéndole todo el problema.

Esa noche Zina se armó de valor y fue a hablar con su madre. Primero le explicó a detalle lo del accidente y que la razón de su detención era porque no tenía licencia de conducir, y aunque Luis no era el culpable, debía estar preso en espera de los resultados del niño, ya que si el chico fallecía, Luis podría pasar una larga condena en la cárcel sólo por la falta del documento. También, con un nudo en la garganta, explicó a su madre la situación migratoria de Luis, y que, por ser indocumentado, había hecho uso de papeles falsos para ir en busca de trabajo, y ahora enfrentaba un delito mayor, y después de pagar por lo del accidente, pasaría a un centro de detención donde se sometería a juicio para que el juez determinara si sería deportado o no. De igual forma le platicó de la situación de su familia en México y de la decisión que tuvieron que tomar de casarse a escondidas para poder ayudar a Luis a acelerar su situación legal más pronto.

La mamá de Zina era una mujer muy conservadora; había emigrado a los Estados Unidos hacía cerca de veintiocho años y había vivido en carne propia el dolor que es dejar no sólo a familiares atrás, sino a amigos y la patria, a sabiendas de que quizá nunca más se pueda regresar a ella. También entendía lo que es ser un indocumentado; uno no sólo batalla para conseguir trabajo, sino que, como inmigrante, tiene una tarea doble para alcanzar el triunfo en el país de las oportunidades, que algunas veces no están muy al alcance de las manos. Al poco tiempo de llegar a Estados Unidos conoció a Jack, que era nativo, pero de padres de origen coreano, y después de una relación de dos años se casaron. Fruto de ese matrimonio fueron sus dos hijos, Zina, ahora de diecinueve años, y Stuart de catorce.

Ella, como toda madre haría, entendió toda la situación por la que estaba pasando su hija, y aunque al principio se molestó porque ella se hubiera casado sin su consentimiento, firmemente se comprometió en ayudarla en todo lo posible; también le aclaró que por el momento no debían decirle nada a su papá, pues sabían que reaccionaría con mucho enojo por haber faltado a las reglas que les había puesto, además de que se sentiría defraudado y seguramente por ningún motivo los apoyaría.

La vida de la familia se había complicado enormemente; ahora se veía envuelta en paseos para visitar al abogado, a la cárcel y al hospital para saber la condición del niño, ya que sabían que de eso dependía mucho que Luis quedara libre del cargo de lesiones e intento de homicidio involuntario. Una mañana, en la visita al hospital, recibieron la grata noticia de que el niño ya había salido de terapia intensiva, y esto alegró por completo a todos, pues el doctor les dijo que muy posiblemente en pocos días el pequeño podría ir a su casa y sin muchas complicaciones. También la familia del niño ya se había encariñado con los familiares de Luis; después de varias visitas charlaban y entendían que Luis se encontraba en una situación sumamente complicada, y que era por culpa de la mamá del niño, que había perdido el control del carro. Aun con la recuperación del pequeño, no podían hacer mucho, ya que la información del hospital debía pasar por varios protocolos antes de llegar al juez para que pudiera decidir si retiraba los cargos de intento de asesinato que se habían levantado en su contra, o no, y esto llevaba a la familia a seguir viviendo en un ambiente de incertidumbre y dolor.

Por otra parte, la situación no era tan placentera con la abuela Andrea; por esos días, Norma recibió una llamada de María, quien le informó que la abuela nuevamente había sufrido una recaída y que además tenía mucha preocupación por Luis, ya que habían pasado dos semanas sin que él se comunicara con ella, situación que raramente pasaba porque cuando menos le hablaba una vez a la semana. Norma tuvo que contarle la verdad a María, pero le pidió que no le dijera nada a la abuela, y le prometió no decirle nada a Luis sobre la recaída de ésta, pues ya suficientes problemas tenía con estar preso y no poder comunicarse con ella, además de estar alejado de Zina.

Toda la verdad permaneció oculta para el papá de Zina, quien, por tener una vida tan ajetreada, nunca se dio cuenta que no había visto a Luis, así que ni siquiera tuvo la mínima sospecha. Pablo también fue notificado de que el caso se mantenía por muy buen camino, pues Norma le informaba diariamente por correo electrónico lo que acontecía, y algunas veces hablaban por teléfono. Pablo poco podía hacer, pues se encontraba lejos y todo estaba en manos de los abogados. La que más sufría era Zina, ya que todo el problema recaía en ella, pues tenía muy en cuenta que después del proceso por el accidente vendría lo más difícil, el proceso migratorio, y todo esto cambiaba completamente los planes en su vida. Cada visita de Zina era un gran aliciente para Luis, y lo único que lo mantenía con la fe en alto. En sus visitas, Luis platicaba con Zina de cómo la situación hubiera sido diferente si al menos algunas de las peticiones hechas durante la marcha realizada en todo el país hubieran sido escuchadas por los políticos, ya que algunas de las peticiones eran que se aprobara la Ley del acta de ensueño (DREAM Act), que permitiría a los estudiantes indocumentados continuar sus estudios y recibir una visa temporal como estudiantes y después la posibilidad de obtener una residencia permanente. Todo esto ayudaría a cientos de miles de estudiantes con gran potencial de sobresalir en sus carreras, pues al no contar con documentos legales debían continuar sus estudios por su cuenta en colegios comunitarios locales y no recibían ayuda para el pago de sus estudios.

También algunos activistas habían estado luchando para que al menos se consiguiera una licencia de manejar para los indocumentados, ya que sólo los residentes legales y los ciudadanos podían contar con este importante privilegio. Pero las reglas se habían recrudecido al igual que el ambiente antiinmigrante que reinaba en el país, y, como siempre, nada se podía conseguir y la situación mantenía no solamente a Luis, sino a miles de personas que conducían sin ese documento, arriesgándose no sólo a recibir multas sino también a que su vehículo fuera decomisado y, en consecuencia, a tener que pagar mucho dinero aparte de la infracción cometida y la de falta de licencia. Por supuesto, muchas veces las personas perdían su vehículo por no poder sacarlo, lo cual las orillaba al duro proceso de volver a empezar, como si no fuera suficiente sobrellevar las crisis cotidianas que se aumentan con las deudas causadas por las infracciones y multas, así como algunas veces de los autos confiscados, siguiendo su vida ahora sin su principal medio de transportación.

También Luis, frustrado, comentaba con Zina el hecho de que mucha gente no había apoyado las marchas ni había participado en ellas, y por eso no hicieron mucho caso los políticos para solucionar toda esa problemática. El año anterior se había hablado de que al menos había once millones de indocumentados en el país, y a las marchas no había acudido ni siquiera un millón de personas, lo cual incluía a los grupos pro emigrantes, de los cuales una gran mayoría se constituía por ciudadanos estadounidenses, y se preguntaban en dónde estaban los inmigrantes y cómo permanecían callados dejando que alguien más peleara por ellos.

Los días en prisión parecían una eternidad para Luis, que aún no había sido informado de la situación de su abuela. Ésta no había mejorado, y había pasado algunos días en el hospital para recibir ciertos medicamentos que eran cruciales para su recuperación, y cuando se sentía mejor y volvía a casa, María aprovechaba la oportunidad para decirle a su abuela que Luis había llamado y no la había encontrado. Ajeno a todo esto, Luis sufría a solas la gran pena de su propia tragedia, sin imaginar la del resto de su familia, ya que todos sabían de la situación de la abuela y sufrían una pena doble por la situación de Luis y la enfermedad de doña Andrea. Luis oraba en silencio para encomendarle a la Virgen de Guadalupe el bienestar de su "Milita" y por sus demás familiares, así como por su amada Zina, pues él sabía toda la carga moral que ella llevaba, pues los dos estaban unidos de una forma tan estrecha que cada situación afectaba a uno de la misma forma que afectaba al otro, y él tenía muy en cuenta que ella lo apoyaba no sólo a él sino a su familia.

A los pocos días llegó la cita con el juez para saber cuál sería el destino de Luis, y qué pasos debía seguir la familia para poder llevarlo a la libertad. Esa mañana se encontraban en el juzgado la tía Lupita con su familia, Norberto, Norma, en su uniforme militar, y Zina, que venía acompañada de su madre, quien también se había metido a la lucha al saber que todo esto afectaría a su hija. También estaba presente la mujer que había causado el accidente, así como su hijo, quien ya había salido del hospital, y que decidieron asistir como muestra de apoyo hacia Luis.

Todos se pusieron de pie cuando entró el juez, quien llamó a la concurrencia a tomar asiento, y acto seguido presentó el caso:

– Se presenta a Luis Arriaga como acusado sobre el accidente automovilístico del día tres de marzo.

Presentó también al abogado defensor. Aclaró que no había parte acusadora, más que el fiscal, puesto que la familia no había presentado cargos en su contra, y cedió la palabra al abogado defensor. El abogado dio un paso al frente, se presentó ante la corte e inició su defensa:

– Señor juez–comenzó el abogado–, dado que no hay parte acusadora, y que además el único pasajero herido en el accidente ya ha salido del hospital, le pido a Su Señoría retirar los cargos contra el acusado, Luis Arriaga, por el accidente, así como eliminar de su historial delictivo cualquier marca negativa en su contra debida al accidente.

Hubo un gran silencio en la corte; Luis sudaba frío; el momento de la verdad había llegado y por su mente pasaban todas las imágenes ocurridas en ese tiempo; había soñado todos los días el salir libre y correr a abrazar a su amada, a quien en esos momentos tenía tan cerca pero a la vez tan lejos. También quería tener el teléfono en su mano y poder gritarle a su abuela cuánto la amaba, pues ya era más de un mes que no escuchaba su voz, tierna y cariñosa, que lo apapachaba en sus momentos de tristeza y que en ese momento llenaba su alma de angustia por no poder siquiera hablar con ella. Zina miraba con ternura a Luis, y su dolor era más grande al saber lo que pasaba por la mente de él.

El juez tomó la palabra y sentenció:

– Esta Corte ha tomado una determinación en el caso de Luis Arriaga y Elsa Padilla, y encuentro libre de todo cargo al joven Luis Arriaga por el accidente del tres de marzo.

Algunos gritos de júbilo interrumpieron al juez; todo marchaba bien, la libertad de Luis estaba a punto de alcanzarse.

– ¡Orden en la sala!–ordenó el juez martillando el estrado con gran fuerza–. La Corte ha dictaminado no fincar cargos por el accidente y no habrá historial criminal en su contra por esta causa, pero todavía existe un caso en contra de Luis Arriaga por la falsificación y el uso de los documentos legales encontrados en su vehículo el día del accidente; por lo tanto, deberá ser trasladado a una prisión federal para decidir su futuro en el país, y la autoridad correspondiente dictaminará si se fincan cargos criminales en su contra por el uso de dichos documentos, o no.

El juez martilló el estrado nuevamente y dio por terminada la sesión del día. Comenzó una gran discusión en la sala; todos se acercaron al abogado para que explicara lo que había sucedido, y él les aclaró que en lo concerniente al caso para el que lo habían contratado ya había terminado y él había ganado, pero la cuestión por el asunto federal no estaba en sus manos.

Luis fue retirado de la corte y apenas tuvo algunos segundos para despedirse de su amada, quien estaba envuelta en un mar de lágrimas por el veredicto del juez; sabía que la lucha continuaría . . . o que quizás apenas comenzaba. Ella le juró que haría todo lo posible para ayudarlo a salir y que esperaría cuanto fuera necesario para estar nuevamente con él. Por su parte Luis, todavía confundido, apenas tuvo fuerzas para decirle que la amaba y que agradecía todo lo que había hecho por él.

Ese día fue devastador para Luis. Ya de regreso en su celda, lloró su desgracia como nunca, pues no sabía ni siquiera cómo sería el proceso para liberarlo, y tampoco sabía cómo su familia iba a sacar fuerzas para soportar todo esto. Además sabía que la situación financiera era difícil, ya que se había gastado una gran cantidad de dinero para su defensa y que al pasar a una corte federal el gasto sería mayor, y él no tenía la forma de apoyar. Ni siquiera comió. Se fue a dormir lleno de preguntas sin respuestas. Ahora sólo quedaba esperar por noticias de afuera, ya que ese día había quedado privado de comunicación, y al siguiente día sería trasladado y los procedimientos de traslados intercarcelarios eran bajo estrictas normas de seguridad

Esa noche Luis recordó cómo su viaje a Estados Unidos había estado lleno de ilusiones, pues su hermano Pablo le platicaba cómo se había adaptado a una nueva vida, y aunque había tenido que pasar riesgos de todo tipo, al final había logrado concretar la mayor parte de sus sueños, sueños que todo inmigrante forja al salir de su país; uno deja todo atrás debido a las pocas oportunidades para una mejor vida, y sumado a eso está la alta corrupción de los líderes, que sólo se preocupan por engordar sus bolsillos y enriquecerse a costa del pueblo, y lo endeudan para hundirlo aún más, quizá para que luego sea un gancho de campaña para los cambios de poder, esas campañas en las que se hacen promesas que nunca se cumplen y que ocasionan que más gente quiera emigrar y buscar oportunidades en otros países. Se crea así un gran éxodo que además se convierte en salir a sufrir y ser víctima de discriminaciones y malos tratos, mientras que ellos, los gobernantes corruptos, siguen haciendo de las suyas, en lugar de buscar nuevas oportunidades de trabajo para el pueblo y para engrandecer nuestras patrias. Las ilusiones que Luis se había forjado estaban reprimidas detrás de las rejas, y sólo esperaba ser trasladado de una prisión a otra, de la que no sabía las condiciones en la que estaría, pues mucho había escuchado sobre esos centros de detención, en los que no se tenían muchas consideraciones hacia los presos, ni tampoco sabía cuánto tiempo le llevaría todo ese proceso.

Norma no pudo comunicarse esa noche con Pablo, pues estaba asignado a una tarea especial; sólo le dijeron que le pasarían su mensaje, y ella se conformó con mandarle un correo electrónico donde le explicaba todo lo acontecido.

UNA GUERRA SIN CUARTEL

La mañana siguiente sería aún más denigrante para Luis. Tras sólo haber dormido dos horas, fue bruscamente despertado a tempranas horas de la mañana, y después de tener su aseo personal, comió su desayuno a las ocho de la mañana. Debía prepararse para un interrogatorio de rigor antes de ser trasladado al centro de detención en la ciudad de Lancaster, California, una urbe hacia el noreste de la ciudad de San Fernando, como a unos cuarenta minutos de ahí. No pudo ser nada peor para él, que después del muy incómodo interrogatorio fuera esposado de pies y manos como el peor de los criminales; fue resguardado por al menos cuatro agentes federales y guiado hacia el camión que lo trasladaría a su nueva celda. Jamás imaginó que habría la posibilidad de pasar por todos estos procesos, pues no cabía en su mente una explicación de qué delito pudo haber cometido para ser tratado de ese modo, ya que durante los años de su vida en los Estados Unidos él se había dedicado a hacer el bien, no sólo a su comunidad sino que también había servido en actividades a nivel nacional. Había colaborado con la Cruz Roja Americana para labores de apoyo humanitario tanto a nivel local como nacional; había participado en su parroquia en colectas para ayudar a países centroamericanos que habían sido afectados por huracanes y desgracias naturales, y como Estados Unidos era una de las primeras naciones en brindar apoyo, él era parte de la ayuda.

Norma acompañó esa mañana a Zina para hablar con el abogado de inmigración y exponerle lo que había pasado desde el día del accidente, así como los cargos por el uso de documentos falsos y que Luis había sido transferido a un centro de inmigración. El abogado las recibió inmediatamente, y luego de escuchar todo el relato, puso a la familia al tanto del proceso que deberían seguir. Para comenzar debían ponerse en contacto con un abogado especialista en deportaciones, ya que lo más seguro era que el juez que le tocaría en la corte tendría como opción inmediata la deportación para Luis, pero debido a que se encontraba protegido bajo la Ley 245i, debía ser entonces representado por un abogado experto.

– Por lo pronto, ustedes traten de comunicarse con él en el nuevo centro de detención y díganle que por ningún motivo firme una deportación voluntaria, ya que esto arruinaría definitivamente todo el proceso–les dijo el abogado.

Salieron de ahí con la información del abogado, pero primero se dirigieron a investigar a qué centro lo habían trasladado para poder hablar con él y darle las recomendaciones que el abogado había hecho.

Pronto averiguaron que había sido trasladado a la ciudad de Lancaster, e inmediatamente fueron ahí. El camino fue de casi una hora, ya que mucha gente viaja de regreso a sus casas a esa hora del día. Al llegar tuvieron muchos contratiempos, pues como Luis había sido trasladado ese mismo día, aún no tenían la información actualizada en el sistema, y además las horas de visita estaban aún más restringidas que en la cárcel del condado. Después de esperar por casi tres horas, al fin tuvieron la oportunidad de hablar con Luis, pues usaron un poco las influencias de Norma como militar, y así le pudieron explicar al muchacho las recomendaciones del abogado. Luis, por su parte, les explicó que en tres días tendría la primera audiencia con el juez y así sabría qué sería de él. También les contó que sólo tres personas que fueran cercanas a él podrían estar en la corte, aparte del abogado defensor, y que le habían informado que si no podía pagarlo, tenía el derecho de utilizar un defensor público. Luis optaba por esta última opción, pues no quería que se siguiera gastando dinero en su caso, pero las dos mujeres se opusieron, pues sabían que un abogado público no los representaría como uno privado, al cual se le podría exigir más porque se le estaría pagando.

Después de tomar toda la información pertinente para el día en la corte, salieron de regreso a Los Ángeles, no sin antes hacer una cita para esa misma tarde con el abogado Antonio Quintanilla, experto en deportaciones.

El abogado salió a recibirlas, y después de escuchar el caso, llegaron a un acuerdo para su representación.

– No será fácil–recalcó Quintanilla–; hoy en día la falsificación de documentos oficiales es un delito mayor, y es castigado duramente cuando el delito es cometido por un ciudadano estadounidense; cuando lo comete un residente legal o alguien en proceso de legalización, pierde automáticamente su residencia o el derecho a legalizarse, pero vamos a tratar de pelearlo como un caso humanitario. Sin embargo, lo más importante es lo que el juez diga en su primera audiencia, misma en la que pediré una prórroga para poder estudiar el caso y determinar cómo podemos ganarlo.

Ya de regreso a casa, Zina y Norma compartieron algunas experiencias que habían vivido y la forma en que les había marcado la vida el estar enamoradas de dos hermanos que eran iguales en sus determinaciones y que luchaban con gran ímpetu por lograr lo que se proponían. Pablo había llegado a Estados Unidos con el firme propósito de tener una vida mejor y siempre quiso compartir cada triunfo con su familia, pues sentía la responsabilidad que conlleva ser el hijo mayor, además de que era muy apegado a su familia y a sus principios, tanto religiosos como morales. Tenía siempre como prioridad el ser generoso y ayudar a los demás, comenzando siempre por la familia. También tenía el firme propósito de guiar a su hermano por un camino recto y hacer de él un ser humano íntegro, tal como su madre y su abuela le habían enseñado. Luis había aprendido a seguir los consejos de su hermano, y dado que tenía más tiempo libre, siempre hacía lo posible por ayudar al prójimo en lo que estuviera a su alcance, y esto le había ganado el ser apreciado tanto en su escuela como en su comunidad, pues era frecuente que fuera el primero en levantar la mano cuando era necesario brindar ayuda.

A la mañana siguiente, Norma recibió una llamada que empeoraría la situación. La hermana de Luis llamó para informar que la abuela Andrea había tenido una recaída muy fuerte y que estaba hospitalizada de nuevo, pero ahora en terapia intensiva y los doctores no se veían muy optimistas respecto a su recuperación, y habían advertido a la familia que esperara lo peor. María le dijo a Norma que la abuela ya había notado la falta de llamadas de Luis y que le había pedido a ella que le pidiera que la llamara.

Norma le dijo que mandaría algunos dólares para ayudar con los gastos mientras que Pablo se comunicaba para decidir qué hacían al respecto.

– Cuídala mucho y no te despegues de ella– le dijo Norma–. En cuanto se comunique Pablo le pediré que te llame.

En cuanto colgó, Norma apuntó la información del hospital y el número de teléfono para que Pablo llamara directamente ahí. Norma llamó inmediatamente a su esposo a su base en Afganistán y aclaró que ahora la emergencia era mayor, pues la vida de su abuela se encontraba en peligro y que era necesario que se comunicara lo más pronto posible. Más tarde Pablo había logrado comunicarse con Norma, pues en la situación y en el lugar que se encontraba, no era muy fácil hacer llamadas transcontinentales. Norma le notificó que debía pedir un permiso especial, pues su abuela estaba hospitalizada en terapia intensiva, además de que el proceso legal de Luis se había complicado.

Pablo se presentó esa tarde ante sus superiores para pedir un permiso especial tanto para viajar de regreso a Estados Unidos y así poder ir a México y estar al lado de su abuela, como para hacer frente al proceso legal de su hermano. El permiso fue otorgado inmediatamente, pues tratándose de una condición de vida o muerte no se le podía negar; sólo que debía esperar hasta el día siguiente para organizar su regreso hacia los Estados Unidos. La espera fue larga e incómoda, pues sentía una gran nostalgia que lo invadía en lo más profundo de su ser; las cosas no estaban muy bien, pues aunque un bebé se encontraba en camino, la salud de su abuela estaba empeorando y se encontraba en los momentos más críticos de su vida.

El regreso no fue fácil, pues debía hacer una serie de transbordos: primero en Inglaterra, donde después abordaría otro vuelo hacia Miami, y de ahí sería trasladado a la base aérea Edwards, en la ciudad de Lancaster, California. Todo el viaje duró cerca de treinta y seis horas, y aunque había llegado casualmente en donde estaba su hermano preso, no lo sabía, e inmediatamente se fue a su casa en Sylmar, mientras Norma se encontraba en la sala de la corte en espera de que se presentara el juez para dictar la sentencia sobre el caso de Luis.

Como no tenía información sobre su hermano, Pablo se comunicó a México para hablar con su hermana sobre la situación de la abuela. Al no encontrar a nadie en casa, marcó al hospital, pues había encontrado una nota pegada en la puerta del refrigerador de su casa con el número de teléfono y el número de cuarto del hospital. Después de varios intentos logró comunicarse y enseguida le pasaron la llamada al cuarto, en donde contestó su hermana, quien emocionada por escuchar la voz de su hermano mayor soltó el llanto, lo cual preocupó más a Pablo.

– Ten calma, hermana, pronto estaré allá–dijo él–. Por lo pronto dime cómo se encuentra la abuela. ¿Tú crees que sea posible hablar con ella?

– No creo que sea posible–contestó María–; muy apenas puede hablar y se mantiene la mayor parte del día dormida, pero segurito que ya sabe que estás llamando, ya que en estos momentos tiene un poco de lucidez. La última vez que hablé con ella pidió mucho que vinieran a verla, pues no sabe cuánto tiempo más aguantará con vida, y sabes que esto me parte el alma–dijo María con lágrimas en los ojos–. Y fíjate que es tanta su emoción de saber que estás llamando, que se le dibujó un sonrisa en los labios y derramó una lágrima de la emoción; una lágrima contenida por muchos días, ya que muy poco ha hablado desde que la trajimos al hospital; lo más importante para ella es que ustedes estén bien, pues tiene mucho tiempo que no sabe nada de ustedes.

Pablo colgó con la promesa de estar allá lo más pronto posible, no sin antes agradecerle a su hermana todo lo que había hecho por su abuela, ya que a pesar de su corta edad ella se había responsabilizado no sólo por el cuidado de la ancianita, sino que también seguía estudiando y se había hecho cargo del control de su casa. Esta era una prueba irrefutable de madurez y de mucho amor, pues nunca había salido de sus labios un solo reproche; había dejado parte de su juventud sacrificando diversiones que para las chicas de su edad eran tan importantes.

La escena parecía repetirse esa mañana en la Corte Federal de la ciudad de Lancaster. En la sala se encontraban solamente Norma, Zina y la tía Lupita; Norberto, así como la mamá de Zina, esperaba afuera. El abogado Quintanilla parecía estar bien armado para defender de los cargos a Luis. El juez entró y todos los presentes se pusieron de pie. Después del saludo de rigor, el juez azotó el mazo y pidió a los asistentes que tomaran asiento. Acto seguido pronunció el caso que se desahogaría, y pidió que trajeran a Luis al banquillo de los acusados, y señaló:

– La honorable Corte Federal presenta a Luis Arriaga, acusado del delito de uso y falsificación de documentos oficiales. ¿Cómo se declara el acusado?

El abogado había ya aconsejado a Luis que no mintiera ante el juez, pues la sentencia podía hacerse más dura si el juez descubría alguna mentira, así que Luis debía declararse culpable de los cargos imputados, y ya después demostrarían las razones justas por las cuales había hecho lo que hizo.

Luis juró sobre una Biblia decir la verdad y nada más que la verdad.

– Señor Luis Arriaga, se le acusa del delito de uso y falsificación de documentos encontrados en el vehículo de propiedad de su hermano el día del accidente, los cuales estaban a su nombre, ¿cómo se declara?

Luis levantó la mirada y vio a los presentes; después de algunos segundos, volteó a ver al juez y le respondió:

– Culpable, Su Señoría.

– La corte tomará quince minutos de receso para decidir su sentencia–dijo el juez.

Salió el juez de la sala y el abogado Quintanilla se dirigió a Luis para indicarle cuál sería el paso siguiente una vez que el juez determinara la sentencia. Los quince minutos parecieron eternos para Luis y su familia. Cuando nuevamente apareció el juez, todos en la corte guardaron un silencio total disponiéndose a escuchar la sentencia de Luis, quien en ese momento sudaba frío por la tensión nerviosa.

– Debido al buen comportamiento del acusado en sus días en esta prisión, y dado que se ha declarado culpable y ha cooperado con las autoridades, la sentencia al acusado por el uso y falsificación de documentos será de seis meses de prisión en una prisión federal, y después de cumplir con dicha sentencia será deportado a su país de origen en un plazo no mayor a 24 horas después de haberse cumplido la sentencia.

Hubo un gran alboroto en la corte. Luis sintió esa noticia como un balde de agua fría; no esperaba que el juez fuera a darle un castigo tan enérgico pues no contaba con ningún otro delito en su haber, ya que el accidente había sido borrado completamente de su historial delictivo, y después de tanto esperar, su mundo se desmoronaba bajo sus pies, y sentía una gran ira e impotencia pues nada podía hacer, ya que no sólo perdía su libertad sino una vida llena de promesas y sueños por cumplir. No sabía por dónde comenzar a evaluar los daños que no sólo se había causado a sí mismo, sino a la mujer que más amaba. Zina lo miraba con los ojos llenos de ternura por ver a su amado nuevamente preso y sin poder hacer nada por evitarlo.

– Orden en la sala–ordenó el juez–. Por parte del acusado, ¿hay alguien que tenga alguna objeción?

Quintanilla se puso de pie y se dirigió al estrado.

– Su Señoría, tengo una objeción a la sentencia y pido una prórroga de treinta días para demostrar que mi defendido sólo hizo uso de los documentos falsificados para encontrar trabajo, así como para demostrar que él está protegido bajo la Ley de Inmigración 245i; podré comprobar también un buen comportamiento en la sociedad para que se le sea otorgado un perdón y se pueda evitar la deportación, lo cual le permitirá seguir el proceso de legalización que él ya había iniciado, todo esto basado en la Constitución de los Estados Unidos de Norteamérica.

– Tiene 48 horas para presentar los documentos que avalen su protección–contestó el juez–. Y en treinta días deberá presentar las pruebas del buen comportamiento del acusado, así como su participación cívica dentro de la sociedad. Mientras tanto deberá permanecer detenido hasta dicha audiencia y no habrá cambios en su sentencia hasta que se demuestre lo contrario–dando un fuerte golpe con el mazo, dio por terminada la audiencia y se retiró.

La sentencia era clara. Luis fue retirado a su celda para esperar la hora de visita, para la cual faltaban dos horas. Mientras tanto, Quintanilla habló con la familia para recabar información sobre el buen comportamiento de Luis, y así ganar tiempo hasta la hora de la visita para platicar con él, quien debía de aportar la mayor parte de ideas sobre quién lo podría ayudar en tan complicado caso. Norma se comunicó con Pablo para informarle dónde estaban y para que se les uniera inmediatamente. Pablo salió rumbo a Lancaster con la incertidumbre de lo que había pasado, pues su esposa no le había dado muchos detalles por teléfono.

Pablo llegó justo en el momento que iniciaba la hora de la visita. El encuentro fue por demás conmovedor; hacía un poco más de un mes que no estaba con su familia, Norma mostraba un poco más su embarazo, y aunque ante sus ojos se veía hermosa, no podía ocultar unas enormes ojeras por los desvelos que la aquejaban. Pasaron al cuarto privado donde se reunirían con Luis, una excepción que Quintanilla había logrado por tratarse de dos personas que servían en las Fuerzas Armadas, y así pudieron juntarse frente a frente con Luis. Con lágrimas en los ojos, Luis y Pablo se fundieron en un largo abrazo llenos de sentimientos encontrados; Pablo jamás imaginó ver a su hermanito privado de su libertad y con una gran pena en su mirada. Todavía un poco confundido por la llegada de su hermano, pidió perdón a toda la familia.

– Yo jamás hubiera querido causar todo este enredo–dijo Luis a todos los presentes–; nunca hubiera querido apartarlos de sus actividades diarias y mucho menos ser una carga tanto económica como moral. Pido perdón por todo y pido a Dios tener la oportunidad de enmendar todos mis errores, que aunque no los ocasioné intencionalmente, yo los causé, y acepto mi culpa por no haber tomado las acciones necesarias para prevenirlos.

– No, Luis, tú no eres culpable de nada. Fue una situación generada por la simple razón de estar en este país en busca de mejores oportunidades–contestó Pablo–. Además, quizás sea más culpa mía por haberte traído sin los documentos necesarios para trabajar y estudiar. Quizá debí haber tramitado esos documentos estando tú allá, y hoy me lleno de tristeza por encontrarte en estas condiciones.

– Aquí nadie es culpable de nada. Mejor escuchemos al abogado y comencemos a buscar soluciones–interrumpió Norma.

– Bien–concordó Quintanilla–. Para comenzar, necesitamos el archivo completo de inmigración para comprobar que Luis está protegido bajo la Ley 245i, ya que sólo tenemos cuarenta y ocho horas para presentarlo a la corte, y así iniciar el periodo de 30 días que nos concedió el juez para buscar una sentencia favorable. Después vamos a necesitar a tres personas que nos extiendan, cada uno, una carta de recomendación para Luis y que testifiquen que él es un buen ciudadano que merece quedarse en este país. Estas personas no deben ser familiares directos y además deben tener alguna influencia en la sociedad y deben ser ciudadanos estadounidenses, como algún representante político o religioso, la directora de su escuela, por ejemplo. Sólo recuerden que ellos deben aceptar presentarse a la corte en la fecha designada. ¿Alguien tiene idea de quiénes podrían ser?–preguntó Quintanilla.

Las ideas volaron al aire inmediatamente.

– Creo que es hora de hablar con mi padre y explicarle toda la situación–señaló Zina–. Y aunque creo que va a pegar el grito en el cielo, seguramente nos apoyará, y aunque nos casamos sin su consentimiento, esta situación es muy especial. Su ayuda sería de gran importancia, pues es un concejal muy importante en el Valle de San Fernando. Hoy hablaré con él.

Pablo, por su parte, dijo que hablaría con su comandante. El comandante Albert Smith, además de ser su superior, se había convertido en un amigo muy cercano, pues los dos compartían muchos ideales, y Pablo había compartido con él momentos muy difíciles de su vida. Además, él se encontraba en estos momentos en la base aérea Edwards a unos minutos de la prisión de Lancaster.

– Hablaré con él lo más pronto posible; estoy seguro que nos apoyará–afirmó Pablo.

La tía Lupita se comprometió a conseguir ayuda en la parroquia a la cual pertenecían, pues conocía muy bien al párroco y a algunos servidores que seguramente los apoyarían.

– Excelente–dijo Quintanilla–, pero necesitamos un poco más de ayuda. Otras dos o tres personas nos darían más fuerza para salvar el caso.

– Hablemos con la directora de la escuela donde estudiamos. Yo estuve en el consejo estudiantil y la directora nos conoce muy bien. También podemos hablar con el profesor Ortega, pues el también fue un inmigrante como nosotros y siempre mostró compasión por tanta discriminación–intervino Norberto.

– También recomiendo visitar el consulado mexicano y explicar toda la situación. Algunas veces el cónsul puede presentarse a apoyar si él lo considera prudente–agregó Quintanilla–, y en este caso creo que sí nos apoyará.

Mientras Quintanilla finalizaba sus apuntes, se despidió de los presentes con una idea clara en su mente; le pidió a la familia que llamara a la oficina para hacer una cita con él y ponerlo al tanto de los avances sobre la información recolectada.

– Hay algo más que debes de saber, Luis–dijo Pablo–. La razón por la que conseguí el permiso para dejar la base en la que estaba es porque la abuela está nuevamente hospitalizada y en cuidados intensivos, pues al parecer no ha recibido la atención necesaria y tuvo una recaída fuerte. Hoy salgo a Guadalajara. No sé en realidad qué tan grave es su estado de salud; lo único que sé es que está muy mal, y dice María que quiere vernos, que por favor vayamos. Creo que algo presiente, en realidad no sé cuánto tiempo más nos va a durar.

– Algo presentía yo–dijo Luis–. En realidad no he podido dejar de pensar en ella, pues ya casi hace un mes que no la llamo. A veces quisiera volar hacia donde está y dejar todo atrás. No me perdonaría jamás si se nos va y no tengo tiempo de volver a verla. Por favor no le digas nada de mi situación; dile que ya casi voy a verla y que la amo más que nunca, que tiene que aguantar un poco más para esperarme.

Luis le dio un fuerte abrazo a Zina, a quien le pidió perdón nuevamente por tanto sufrimiento, y le pidió que aguantara hasta el final, que él sabía que todo iba a marchar bien y repondrían todo el tiempo perdido.

– Claro–respondió Zina–, yo estaré contigo hasta el último momento. Haremos todo lo posible por sacarte de aquí, pero si por alguna razón tú fueras deportado, me iré contigo a donde sea necesario. Quizá podamos comenzar una nueva vida en México al lado de tu familia. Donde tú estés yo estaré.

El tiempo de visita se había terminado y se despidieron con la promesa de estar en contacto; ella lo visitaría al menos una vez a la semana, ya que seguía estudiando y no tenía mucho tiempo libre, aparte de que el reclusorio estaba muy lejos de su casa y las visitas estaban muy restringidas.

– Pero estaré comunicándome contigo por medio de cartas–le dijo con un beso.

Luis se regresó a su celda con la ilusión de que todo saldría bien.

En cuanto llegó a su casa, Pablo empacó sus maletas y partió rumbo a Guadalajara; el vuelo de dos horas y media se le hizo una eternidad, y con sólo algunos pequeños contratiempos, arribó a su ciudad natal cerca de las seis de la tarde e inmediatamente se dirigió al hospital.

La imagen que lo recibió al entrar al cuarto del hospital no pudo haber sido más desgarradora, parecía que habían pasado más de veinte años en tan solo unos meses. Algunas veces perdemos la noción del tiempo y quisiéramos ver a nuestros viejos como los dejamos cuando emigramos; la imagen fuerte y protectora que guio nuestros primeros pasos y a esos grandes héroes que solucionaban todo con la ternura de un beso. Quisiéramos que el tiempo hiciera una pausa desde el día en que nos marchamos y que nuestros padres o abuelos, y en algunos casos nuestros hermanos, estén ahí esperando a nuestro regreso y que esa pausa nos los conservara por una eternidad. Pero no nos percatamos de que el tiempo y las enfermedades no perdonan, y que sin querer se nos van los años luchando por nuestros ideales, olvidando que lo mejor de nuestras vidas se ha quedado atrás; que se nos ha ido de las manos y nos damos cuenta de que los años se reflejan en las formas de su cara, y que hasta el último momento esperaron por nosotros. Muchas historias había escuchado Pablo de algunos amigos a quienes les había tocado perder a sus padres y no habían estado con ellos en los últimos momentos de su vida, mucho menos en los delicados procesos de sus enfermedades, pero nunca le pasó por la mente que a él le pasaría, y mucho menos que sería tan doloroso.

No hubo reproche alguno de parte de la abuela Andrea. Al verlo, una gran sonrisa se dibujó en su rostro, acompañada de unas lágrimas. Pablo le dio un beso y la tomó de sus muy lastimadas pero tiernas manos, la acarició por un momento; la escena lo había dejado mudo: la anciana estaba conectada a varias máquinas que controlaban el oxígeno y monitoreaban los latidos del corazón. Además tenía un suero que administraba las medicinas por vía intravenosa, lo cual había lastimado sus arrugadas manos al punto de que tenía moretones por todos lados. El imparable "bip-bip" de las máquinas hacía más escalofriante el momento.

De pronto, el doctor entró en el cuarto.

– Usted ha de ser el nieto Pablo–dijo el doctor–. Su abuela no para de hablar de usted. Dice que es todo un héroe, que ha luchado por una muy buena causa y todos los días pregunta si ya llegó.

– Así es, doctor–respondió Pablo–. Quiero pedirle una disculpa por no haber podido llegar antes, pero la situación no me lo permitía. ¿Qué me puede decir de mi abuela?

– Hemos tenido días difíciles–respondió el doctor–, y creo que su presencia será la mejor medicina. Pero lamento decirle que la diabetes se le ha podido controlar solamente con insulina, y al parecer su corazón no bombea sangre correctamente. Mañana recibiremos los resultados de los análisis, así que por el momento descansen y ya mañana veremos qué nos sigue. Déjela descansar. Puede usted quedarse, pero no le de muchas emociones para que no la inquiete.

Pablo llamó a casa de su hermana para avisarle que ya había llegado y después se dispuso a descansar a lado de su abuela; ya habría tiempo para platicar al siguiente día.

Al día siguiente había un gran bullicio en el Hospital Civil de Guadalajara, un hospital ubicado en la zona centro de la ciudad, el cual se dedica a dar servicio médico a muy bajo costo, y en algunos casos no cobra, dependiendo de la situación socioeconómica de los pacientes, además de que cuenta con una gran calidad de médicos, así como con tecnología avanzada, pues es auspiciado por el gobierno estatal y algunos de los nuevos egresados de la universidad prestan sus servicios gratuitos, lo cual ocasiona que pacientes de dentro y fuera del estado vayan a recibir atención médica, incluso gente de fuera del país. Pablo despertó un poco adolorido debido a que pasó la noche en una silla, además de que tenía ya varios días de mal dormir, desde que recibió la noticia en su base de Afganistán. A los pocos minutos llegó su hermana María, quien rutinariamente pasaba a visitar a la abuela antes de irse a la escuela, que quedaba a algunas cuadras de distancia del hospital.

– ¿Cómo pasaste la noche?–preguntó María–. Está por demás preguntar, pues en esta silla no se puede conciliar el sueño y esas tremendas ojeras dicen más que mil palabras.

– Pues sí, estuvo dura la noche–contestó Pablo, dejando salir un gran bostezo–. Tú, ¿cómo estás, hermana? ¿Cómo va todo hasta ahorita? Yo aquí sigo esperando al doctor, pues dijo que estaba en espera de unos nuevos resultados, y sólo ha pasado la enfermera dos veces, pero sólo revisa las máquinas y las medicinas, dice que el doctor llega como a las diez de la mañana.

– Pues mira, Pablo–respondió María–, de acuerdo con su doctor, la salud de la abuela va empeorando día con día. Dice que sufre de insuficiencia cardiaca y de hoy en adelante tendremos que tener un tanque de oxígeno en casa para que le ayude a respirar. También dice el doctor que ella se ha dejado caer como si no le interesara recuperarse. Yo creo que lo que más le ha afectado es que ustedes estén tan lejos, porque no deja de preguntar todos los días por ti y por Luis, y en algunas ocasiones la he encontrado llorando a solas por ustedes. Dice que tiene mucho miedo de no volver a verlos, y aunque mi tío la visita ocasionalmente, dice que su preocupación son ustedes dos; a esto júntale que Luis no le ha llamado desde hace casi un mes . . . y pues verdaderamente yo ya no encuentro qué hacer; estoy desesperada. Ya he perdido muchas clases en la escuela, no sé si voy a pasar de semestre, mi nivel está muy bajo y me han llamado ya la atención varias veces.

– No sabes cuánto lamento toda esta situación. Uno se pierde en el tiempo; no se da cuenta de cuánto mal hemos causado hasta que es demasiado tarde. Siento un gran cargo de conciencia por ver a mi abuela en estas condiciones, y creo que debí haberla convencido de que se fuera con nosotros a los Estados Unidos, pero nunca dio su brazo a torcer y hoy el daño ya está hecho. Por lo pronto me voy a quedar un par de semanas o hasta que se recupere y a ver si ya accede a irse con nosotros–Pablo la puso al tanto también sobre la situación de Luis y todo lo que acontecía con su caso.

En los siguientes días, la abuela se recuperó un poco con la presencia y la atención de Pablo, pues él estaba dedicado día y noche a atenderla, pero el doctor corroboró con los resultados de los últimos estudios que su problema era cardiaco y debían extremar cuidados, ya que una recaída podría ser fatal. Debían cuidarla de emociones fuertes o de noticias desagradables, y aunque aún necesitaba del oxígeno y estaba débil por tantos días en el hospital, finalmente fue dada de alta para el beneplácito de Pablo y María.

De regreso en Los Ángeles, la lucha apenas comenzaba. Zina y su madre habían formulado un plan para hablar con su papá, pues aunque estaban cien por ciento seguras de que reaccionaría muy mal, tenían la esperanza de que después de algunos días cambiara de opinión y decidiera ayudar en el caso. Decidieron esperar al fin de semana para hablar con él, ya que estuviera fuera del trabajo y más relajado, pues como concejal de la ciudad siempre se encontraba bajo estrés.

El fin de semana llegó. Era sábado en la mañana y el ritual típico de la familia se llevó a cabo con normalidad; todos desayunaron juntos y charlaron como de costumbre sobre las actividades de la semana: el hermano menor de Zina platicó con presunción, que iba a ser de los graduados con altos honores de su escuela secundaria, ya que, al igual que Zina, era muy dedicado a sus estudios, e incluso había participado en concursos interescolares estatales y había quedado en los primeros lugares. Zina escuchaba callada; estaba sumida en sus pensamientos. Ya llevaba cuatro semanas peleando por el caso de Luis, y ese fin de semana había sido el más triste para ella, pues habían trasladado a Luis a la prisión federal. Cuando su hermano acabó de contar su historia, ella se limitó a felicitar a su hermano con una muy apagada sonrisa. Su padre, por su parte, les dio una gran noticia, había planeado silenciosamente un viaje familiar para visitar a su hermano en Texas. Casi habían pasado tres años que no se visitaban, y él estaba muy emocionado, ya que era su hermano mayor y sentía mucho cariño por él.

–Zina y yo tenemos un asunto muy delicado que quisiéramos compartir–comentó finalmente la mamá–; pero quizá la más indicada sería ella para platicarte.

– Claro que sí–dijo Zina–. Mira, papá, resulta que Luis hace como un mes tuvo un accidente del cual él no tuvo la culpa, pero resultó herido un pasajero del otro auto y quedó hospitalizado; Luis fue detenido hasta que el niño saliera del hospital. No hubo cargos de la otra parte, pero como Luis estaba conduciendo sin licencia, resultó ser culpable hasta que el caso se investigara a fondo y se supiera con claridad lo que sería del niño herido.

El papá frunció el ceño, como tratando de entender lo que le decían.

– ¿Y por qué Luis no tenía licencia? ¿No te parece un poco irresponsable?–preguntó su papá–. Yo sé que sus padres no viven aquí, pero al ser él mayor de edad no necesita del consentimiento para tramitar una licencia. En fin, sígueme diciendo–continuó, un poco molesto.

– Pues sucede que el pasajero herido salió del hospital y Luis fue exonerado de los cargos, pero ahora enfrenta un problema mayor, pues resulta que la policía encontró en su vehículo una tarjeta de seguro social falsa, lo cual derivó en una investigación más a fondo que sacó a la luz que Luis no tiene papeles legales para vivir en los Estados Unidos.

El señor Lee se levantó de la mesa como un resorte y golpeó la mesa con una gran furia.

– ¡No puedo creer todo esto; dime que es una broma!. ¿Cómo fuiste a enredarte con un indocumentado? ¿En qué cabeza cabe? ¿No sabes que puedes arruinar mi reputación y yo podría perder hasta mi trabajo? Te exijo que te retires inmediatamente de ese hombre. Ya me decían mis instintos paternos que algo no andaba bien con ese charlatán, y ahora me resultó hasta delincuente. No quiero saber más del tema–finalizó el iracundo padre.

– Cálmate–intervino la madre–. El hecho de ser indocumentado no quiere decir que sea un delincuente. Además, en el corazón no se manda y creo que nuestro deber es ayudar a nuestros hijos y no marcarles el camino que nosotros queremos que sigan, sino ayudar en el que ellos elijan. Al menos escucha el resto del problema y dinos si puedes ayudar o no.

El papa se sentó con las manos en la cabeza en señal de desesperación; no podía creer lo que escuchaba, y aunque su posición no cambiaría, permaneció callado por unos segundos y luego preguntó:

– ¿Y para qué se supone que me estás platicando? ¿Qué esperas de mí? No creo que pueda yo hacer nada, ni por ustedes, ni por él.

Zina debió sacar fuerzas de muy dentro de sí y continuó:

– En el día final de su proceso, el juez lo dejó libre de todos sus cargos por el accidente, pues el niño salió del hospital y se presentó a la corte junto con su familia para testificar que se encontraba bien y que no había cargos en contra de Luis. El juez lo liberó de los cargos por el accidente, pero ordenó su traslado a una prisión federal en donde un juez decidirá si perseguirá cargos por el uso de los documentos falsos, así como si califica para permanecer en el país o para ser deportado. La familia contrató a un abogado para su defensa, pues ya tenían un proceso migratorio aventajado. El abogado necesita a algunas personas que conozcan a Luis y que testifiquen a su favor, en la próxima audiencia, que él ha sido un ciudadano ejemplar y que sí merece permanecer en el país y seguir su proceso de legalización. El juez sólo nos dio treinta días para eso, y creemos que tu presencia podría ser de gran impacto ante él, pues sí conoces realmente a Luis y eres reconocido ante la sociedad. Ya tenemos algunas otras personas que nos van a ayudar, pero tenemos que asegurar al menos a tres para poder ganar el caso y créeme, papá, estoy muy angustiada; por favor no me des la espalda en estos momentos–Zina estaba al borde de las lágrimas cuando terminó su discurso.

Jack se puso de pie nuevamente y comenzó a caminar en círculos alrededor de la mesa. Estaba furioso por la situación, pero no quería dar una respuesta que lastimara la relación con su hija. Muy en el fondo entendía el problema, lo que significaba el ser inmigrante, pero no quería arruinar la carrera política que tanto le había costado. Sabía que tenía un gran futuro por delante, pero no quería decepcionar a su princesa, ya que sabía que algún comentario fuera de lugar la alejaría de él quizá para siempre.

– Por principio de cuentas veré qué puedo hacer. Voy a hablar con su abogado y a pedirle una copia del expediente para ver qué pasos se deben tomar, pero de antemano les digo: no pienso presentarme en la corte y abogar por él, pues no quiero poner en riesgo mi carrera por alguien que ni siquiera sabemos si va a estar contigo toda la vida. Por favor, hija–continuó el hombre–, piensa que quizá él no sea lo mejor para ti, pues su futuro es incierto, y aunque lograra salir podría seguir en problemas de por vida, y ése no es el futuro que quiero para ti. Déjame pensar y ponerme al tanto con todos los pormenores. Ya después hablaremos a ver qué puedo hacer.

Zina quiso continuar la discusión y explicar más sobre el caso, pero su mamá se interpuso al momento y dijo:

– Tienes razón; investigaremos más sobre todo esto y ya hablaremos después–al mismo tiempo que le hacía una seña a Zina de que parara la plática y que esperara a que ella pudiera hablar con él y convencerlo.

El señor Lee salió de la casa, aún molesto por la situación, en busca de calma y se dirigió a un parque cercano para pensar sobre el caso, mientras Zina permaneció sentada llorando a lado de su madre.

– Esta noche hablaré con él. Yo sé que al pensar a fondo el problema sí nos ayudará, incluso quizá pueda mover algunas influencias para que Luis logre su libertad. No creo que cambie de parecer en cuanto a presentarse a la corte, pero es probable que esto no sea muy necesario. Lo que no quiero que le comentemos es que ustedes se casaron para acelerar el proceso de su legalización, pues ahí sí que nos meteríamos en grandes problemas.

– Pues a estas alturas ya nada me importa–dijo Zina con lágrimas en los ojos–. Tú sabes, mamá, qué tan grande es nuestro amor. ¿Qué podría hacer si se enterara? Yo sé que me restringiría de muchas cosas y que hasta trataría de sacarme de la escuela, pero lo único que me importa en estos momentos es Luis. De cualquier forma se tiene que enterar en algún momento, y si no me apoya, creo que será hora de comenzar mi propia vida.

Zina se preparó para su primera visita después de la audiencia y salió rumbo a Lancaster para poner al tanto a Luis de los pormenores del caso. Esta vez platicaron sólo por medio de un auricular telefónico y sólo podían mirarse a través de un cristal. No hablaron mucho; estaban todavía confundidos por todo lo que les pasaba. Luis le preguntó si tenía alguna noticia de su abuela, que era lo que más le preocupaba, y ella se limitó, sin mucha emoción, a decirle lo que había hablado con su papá, pero que no estaba claro si los apoyaría o no, pues se había molestado al enterarse de su situación legal, así como el delito que había cometido. Se despidieron tristes y sin nada claro en sus vidas.

Saliendo de ahí, Zina visitó a una amiga con la que ocasionalmente se refugiaba en momentos difíciles. Le platicó su situación y ella le dio algunas ideas que podrían ayudar, entre ellas, platicar con el pastor de la iglesia a la que asistían, con la intención de buscar el apoyo de él, y le sugirió que tratara de hacerlo con mucha discreción. Platicaron por largo rato sin sentir el paso del tiempo, hasta que al fin Zina tuvo que regresar a su casa, pues ya era muy tarde. Al llegar todo estaba en silencio; sus padres ya estaban en su habitación al igual que su hermano, sólo dio las buenas noches y se retiró a dormir.

– Tú sabes que son problemas en los que no debemos meternos–dijo el padre–. Hoy en día los asuntos migratorios se encuentran en complicados debates, y yo, como una persona pública, no puedo tomar partido, pues al dar un paso en falso podría arruinarlo todo.

– Sí, entiendo–respondió la mamá-. Pero no es un asunto público; es sólo cuestión de buscar un poco de ayuda legal, y quizá más información; no puedes negarte sin antes haber investigado a fondo. Más que nada debes hacerlo por tu hija. Tú sabes qué devastador sería si por alguna razón este muchacho fuera deportado. Creo que ella podría hacer algo descabellado, y si está en nuestras manos ayudar, por favor hagámoslo.

– Bueno–respondió Jack–. Esperemos conseguir un poco más de información para la próxima semana, por lo pronto, no quiero que se toque más el tema en esta casa; evítenme desagrados–sentenció.

EN BUSCA DE AYUDA

La familia también se había movilizado: la tía Lupita fue a la parroquia de Santa Rosa a buscar al padre Carlos González, el párroco de la iglesia, a quien conocía ya por más de diez años y con el cual había trabajado en grupos de matrimonios. El padre la recibió inmediatamente y escuchó la historia que aquejaba a la familia. El padre conocía plenamente a Luis, pues éste era miembro activo del grupo de jóvenes, además de que era voluntario en los grupos de preparación para las confirmaciones, y conocía a ciencia cierta de las buenas acciones de Luis en su comunidad.

– Sin lugar a duda Luis es un muy buen muchacho–dijo el sacerdote–, pero este tipo de delitos son sumamente serios ante la ley, mucho más hoy en día, que hay tantos conflictos raciales. Él debió tener más cuidado con esos documentos. Lo único que podré hacer es entregar una carta de recomendación para asentar su buen comportamiento, así como su relación con la parroquia, pero antes de poder comprometerme a asistir a la corte para ser apoyo en el juicio debo comentarlo con mis superiores, porque ya la Iglesia Católica ha estado envuelta en muchos conflictos por los sacerdotes pederastas, como para ahora entrar en otro dilema más. No estoy diciendo que no lo haré, pero necesito autorización de más arriba para hacerlo; creo que tenemos suficiente tiempo para lograr esa autorización. Por lo pronto cuenten con la carta que les haré llegar lo más pronto posible. Deberías buscar hablar con el señor Daniel Mireles; él y

Luis eran voluntarios en la Cruz Roja Americana, y hasta donde yo sé, participaron en varios eventos juntos; creo que él podrá ayudarte un poco más.

Sin más qué hacer en la parroquia, la tía Lupita salió en busca del señor Mireles para conseguir el apoyo que necesitaba.

No fue sino hasta el fin de semana que pudo localizarlo; lo vio a la salida de la misa de las doce e inmediatamente lo abordó y comenzó a hablar con él. Sin mucho preámbulo, el señor Mireles los invitó a su casa para poder charlar sobre el tema. Una vez ahí, la tía Lupita le explicó a fondo el problema por el cual estaba ahí, así como la referencia del padre Carlos.

– En efecto–dijo el señor Mireles–; hemos trabajado en varias misiones juntos. Creo que mi presencia no tendrá mucho peso en su audiencia, pero sí la del comisionado de la Cruz Roja local, el señor Carl Rolmes, quien estuvo trabajando con nosotros en la catástrofe del otoño del 2005 en Grand Prairie, un suburbio que se encuentra entre Dallas y Fort Worth. En aquella ocasión hicimos una caravana y estuvimos casi diez días dando apoyo a los habitantes, tanto en el momento en que el río se desbordaba e inundaba las calles, como durante el proceso de ayuda a los damnificados en los centros de refugio y limpieza de las casas y calles. Ésa es una ocasión inolvidable que estoy seguro que el señor Rolmes recordará, ya que la ayuda de Luis fue sobresaliente, no sólo por ser el voluntario más joven, sino porque parecía que tenía mucha experiencia. Además hemos estado en muchos otros lugares. Cuente con mi apoyo, y yo hablaré con el señor Rolmes, estoy seguro que no se negará a apoyarnos.

Al día siguiente por la mañana, Zina y Norberto se reunieron como habían acordado para ir a su antigua escuela e intentar hablar con la directora, Rebeca Johnson. Una vez ahí, se encaminaron a la oficina de la Dirección, donde los recibieron con agrado, pues eran muy apreciados por el personal de la escuela. La directora los recibió en su oficina y se dispusieron a platicar de la situación de Luis. El aprecio que Luis se había ganado no sólo fue por ser un estudiante sobresaliente, sino que también había sido miembro activo del consejo estudiantil, grupo que se encargaba de servicios comunitarios organizando limpieza en la comunidad o en la recolección de dinero para eventos especiales de la escuela, y ayudado por su gran carisma y trabajo duro, no sólo se había ganado la confianza de todo el consejo estudiantil, sino también de la planta de maestros de la escuela.

De entrada, la directora ofreció la carta de referencia para Luis y permitió a los jóvenes la entrada a la escuela para que buscaran más apoyo, tanto de los estudiantes como de los maestros, pero dejó claro que su presencia en la próxima audiencia dependería de muchos factores y veía muy difícil poder asistir, dado que entraría en un factor político y las reglas de su trabajo quizá no se lo permitirían. Esperaron largo rato para poder reunirse con el nuevo presidente del consejo estudiantil, quien inmediatamente ofreció su apoyo incondicional y les dijo que pediría a todos los compañeros que buscaran apoyar de alguna forma el asunto de Luis, así como hablar con los maestros y convencerlos.

Zina y Norberto se retiraron contentos con los logros obtenidos hasta el momento y dejaron en manos de Jonathan Cruz, el presidente estudiantil, la organización de los alumnos y maestros. A la mañana siguiente, el consejo estudiantil se presentó en la oficina con la directora, que ya sabía la razón de su visita, y ésta invitó a pasar a los estudiantes.

– Señora Johnson, sabemos que Zina y Norberto hablaron con usted sobre el asunto de Luis–dijo Jonathan–. Agradecemos su carta, pero quisiéramos saber qué tenemos que hacer para que usted se decida a asistir a la audiencia en forma de apoyo. La mayoría de los estudiantes están de acuerdo, pues aún recuerdan y aprecian a Luis. Si quiere, podemos juntar firmas.

– Admiro su intención por ayudar–contestó la directora–, pero creo que se están tomando muy en serio el problema. Por principio de cuentas yo le haré la carta de buena conducta y la mandaré inmediatamente, pero no puedo ir más allá de donde me permitan las reglas laborales; no puedo faltar a los principios no sólo de la escuela, sino también del distrito escolar. Déjenme investigar, y si está permitido, con mucho gusto lo haré. Por lo pronto retírense a sus clases. Tienen permitido hablar con los maestros y estudiantes, pero tengan en cuenta que no quiero mucho alboroto en la escuela; se acercan tiempos de exámenes y no quiero alumnos desconcentrados. No me obliguen a prohibirles el tema en la escuela.

La noticia corrió como reguero de pólvora entre todos los estudiantes y maestros, e inmediatamente se formaron dos lados sobre el tema: la gran mayoría estaba de acuerdo con que se apoyara a Luis, pero un porcentaje bajo de estudiantes decidió mantenerse alejado del tema por distintas razones; algunos quizás no tenían mucho aprecio por Luis, otros eran ajenos a las condiciones que se viven por ser inmigrantes, porque aunque la gran mayoría de los alumnos eran hispanos, algunos eran hijos de inmigrantes que no habían batallado por su estancia en el país, nacidos en él o no, simplemente tenían arreglada su situación legal y no querían meterse en problemas ajenos a ellos. De igual forma algunos maestros tocaban el tema y otros preferían no hacer comentarios de la situación. Jonathan se acercó con el profesor de Historia, el señor Ortega, y le dijo:

– ¿Cree usted que deberíamos unirnos y mostrar un apoyo más fuerte? Usted sabe de Historia, debe entender que muchos venimos a este país con la intención de buscar una vida mejor, no sólo para nosotros, sino también para nuestras familias.

– Mira, muchacho–contestó el maestro Ortega–, aunque es muy cierto lo que dices, hoy en día las cosas han cambiado mucho. Yo soy hijo de un inmigrante que vino a este país en busca de oportunidades. Pero todo se ha salido de las manos;

ahora algunos de los inmigrantes vienen con una mentalidad diferente, y en muchas ocasiones esos inmigrantes vienen y cometen delitos, se unen a pandillas y luchan muy poco por lo que realmente vinieron, por una vida mejor. Hoy en día meterse en el tema migratorio es contraproducente para todos, pues aunque los políticos y representantes religiosos quieran apoyar la causa, existen grupos antiinmigrantes que luchan por sacar a la luz las fallas de algunas de esas personas, las que no se adaptan aquí, que quieren vivir sus vidas como las vivían en sus países. La opinión buena que podamos dar queda opacada por las voces de estos grupos que cada vez siembran más odio en nuestra comunidad.

– Esto es absurdo–dijo Jonathan–. Primeramente, esos comentarios negativos no sólo los hacen por los indocumentados, sino por toda la comunidad hispana en general. Sabemos que son pequeños grupos de racistas que quieren envenenar el corazón de los estadounidenses, para oponerse no sólo a los hispanos, si no a todas las minorías. No debemos escuchar a esos grupos, por el contrario: nosotros tenemos por responsabilidad unir nuestras voces para que las cosas cambien y podamos vivir sin odio y sin racismo, no sólo los latinos sino todas las etnias que formamos este gran país. Mire, maestro Ortega, queremos unirnos aquí en la escuela, y ojalá que usted cambie su modo de pensar, y en lugar de mostrar apatía, hable con los maestros para que se unan para convencer a la directora de colaborar con nosotros; usted sabe que muchos de los maestros también tienen raíces de inmigrantes como usted y como yo.

Jonathan, igual que Luis, tenía una personalidad de líder y sus ideales eran firmes; también buscaba justicia e igualdad, no sólo para él y su familia, sino para toda su comunidad y su gente, ya que también llevaba sangre de inmigrante.

Esa tarde, Zina y Norberto fueron a casa de Norma, quien estaba en compañía de la tía Lupita. Juntos repasaron la información que cada uno tenía.

– Tenemos una cita con el abogado el miércoles–dijo Norma–. Debemos presentar todos los avances posibles. Por mi parte, hablé con el comandante Smith para hacer una cita, pero al parecer salió de vacaciones y no regresará hasta dentro de dos semanas. Creo que para entonces Pablo ya estará de regreso; él quiere estar aquí para ayudar en lo que sea necesario para la audiencia de su hermano. Por cierto, hoy hablé con él, al parecer la abuela Andrea está un poco mejor; le cayó bien la presencia de Pablo; no sé qué va a pasar cuando tenga que venirse. Quisiera irme yo a cuidarla, pero también quiero estar presente para trabajar en conjunto con ustedes; me siento entre la espada y la pared.

Zina y Norberto platicaron sobre su visita a la escuela.

– El miércoles por la mañana pasaremos a la escuela para ver qué avances tienen. Yo ya hablé con mi papá–dijo Zina–. Al principio se puso furioso, pero luego prometió ver qué podía hacer por nosotros. Ya le hablé al abogado para que le mandara a papá una copia del expediente de Luis. Lo único que no quiere es presentarse a la audiencia, pero ya que investigue a fondo quizá cambie de parecer y se le ablande el corazón.

– Yo iré mañana a buscar al cónsul de México en Los Ángeles, ¿quién podría acompañarme?–Preguntó la tía Lupita–. Por lo pronto ya hablé con el padre Carlos, de Santa Rosa, y me refirió con unos compañeros de la iglesia que al igual que Luis habían participado como voluntarios de la Cruz Roja. Creo que de ahí sí saldrá algo provechoso; sólo que el próximo domingo tendremos más información al respecto; creo que tanto el padre Carlos como el señor Mireles están dispuestos a echarnos la mano.

– Muy bien; sólo nos quedan tres semanas–dijo Norma–. Espero que la próxima semana tengamos todo más claro.

Esa tarde, Zina escribió su primera carta a Luis:

Amor:

El tiempo duele cada día más sin ti. Han pasado ya casi seis semanas en las que no puedo tenerte en mis brazos. Siento tu presencia aquí a mi lado como si estuvieras conmigo, y mi alma se desprende todas las noches de mí y se hace presente en donde tú te encuentras. Es testigo silencioso de tu sufrimiento, y regresa a mí con la misma angustia que se fue, pero llega cargada de esperanza de que volvamos a sentir nuestras manos llenas del amor que nos une. Donde tú estés, mi alma siempre estará.

Luis, hoy tuvimos un gran avance. Hablamos con la directora y mostró su apoyo; tu tía habló con el padre Carlos y también prometió ayuda. Creo que todo va marchando bien. Espero verte pronto. Te amo,

Zina

No tuvieron mucha suerte la tía Lupita y Norberto en el consulado mexicano en Los Ángeles. El cónsul, Pedro Ramírez, se encontraba en una junta fuera del país y regresaría hasta la siguiente semana, pero tomaron toda la información e hicieron una cita con la secretaria del cónsul para el siguiente martes por la mañana. De regreso a casa, comentando qué otras opciones tenían, tuvieron una gran idea cuando encendieron la radio; la voz en turno era un famoso locutor local que tenía un segmento de migración que daba consejos a los radioescuchas. Comenzaron a llamar y después de casi treinta minutos entró su llamada. Primero explicaron a grandes rasgos su caso al operador del teléfono, quien hizo los apuntes necesarios para facilitar la información al consejero, y después pasaron su llamada al locutor, quien hizo las preguntas al aire y después les sugirió qué pasos seguir, los cuales ellos ya conocían pues el abogado Quintanilla les había dicho lo mismo. Norberto pidió hablar fuera del aire con el locutor para pedirle ayuda. El locutor le prestó atención y le dijo que pediría la participación de otros radioescuchas solicitándoles que contaran sus anécdotas en casos similares y que hubieran tenido éxito al final. El locutor tomó los datos de Norberto y éste le dio su número directo para mantenerse en contacto, agradeció y terminó la llamada.

El papá de Zina pidió ese día una copia del expediente al abogado de Luis y platicó un poco con él por teléfono.

– Usted será una clave importante para nosotros–dijo Quintanilla–. Mañana le haré llegar una copia con su hija. Agradezco su llamada y lo mantendré al tanto de lo que suceda. Estoy seguro de que su hija se pondrá feliz por el interés que usted ha mostrado.

El miércoles por la mañana, Zina y Norberto pasaron nuevamente a la escuela para ver qué noticias tenían.

– Todo marcha bien–dijo la directora Johnson–. Muchos en la escuela siguen teniendo gran simpatía por Luis. La próxima semana tengo una reunión con mi superintendente para ver hasta dónde puedo ayudar.

Charlaron un poco con Jonathan antes de abandonar la escuela.

– Sabíamos que contaríamos contigo, y no sabes cuánto te lo agradezco–expresó Zina.

– Pues cuenten con todo mi apoyo–dijo Jonathan–. Te aseguro que seguiremos trabajando en todo lo que se pueda.

De ahí se dirigieron a la casa de Norma para ir juntos con el abogado. Una vez que llegaron, pusieron al tanto a Quintanilla sobre los avances logrados, y aunque no había nada seguro, el abogado recalcó que con sólo tres personas que asistieran a la audiencia sería suficiente. Sólo faltaba esperar. Aunque sólo había pasado una semana estaban ya preparados como si faltaran sólo días para la audiencia. Zina tomó la copia del expediente para llevárselo a su padre.

Esa semana corrió en total calma; todos estaban a la espera de nuevas noticias. Norma informó a Zina sobre la salud de la abuela Andrea, para que ese fin de semana le dijera a Luis que su abuela estaba mejor.

La situación había cambiado totalmente para Luis; su vida era diferente dentro de esa prisión. Estaba en un dormitorio para casi cien reos en el que había sólo un par de escusados, así como dos regaderas para toda la sección. No había privacidad; las paredes de los escusados tenían menos de cuatro pies de altura y todos los movimientos eran vigilados por cámaras en todo momento; no podía salir nadie de ese cuarto; sólo salían cuando tenían que ver al juez o cuando era hora de salir en libertad o de ser trasladado a otra prisión para cumplir una condena mayor, o, en el peor de los casos, para ser deportado. Tenían una sola televisión, con un horario determinado para verla. Recibían una porción mínima de alimento para cada comida, y sólo si el reo contaba con dinero podía pagar por alguna comida mejor. La única forma de conseguir ese dinero era porque algún familiar pudiera depositárselo en una cuenta designada al reo, lo cual le permitía a éste comprar una tarjeta telefónica para hacer llamadas a algún familiar o amigo. Todas las llamadas eran grabadas para asegurar la protección de la prisión y así descubrir más delitos relacionados con los detenidos. Luis no había reaccionado; todo lo veía como un espejismo que creía pronto pasaría; él no tenía dinero, pues nadie le había hablado todavía sobre eso, hasta que otro interno con el cual comenzó a hacer amistad le informó de lo que podía y lo que no podía hacer. Al principio, Luis tuvo un poco de miedo; creía que estaba rodeado de criminales y que quizá se habían equivocado al ponerlo ahí con esos tratos y con esas condiciones, pero poco a poco fue descubriendo que en el caso de la gran mayoría de los presos, al igual que él, sus delitos habían sido menores y que el delito principal que muchos de ellos habían cometido consistía en estar en ese país ilegalmente; había muchas historias que estaba por descubrir.

El sábado por la mañana gritaron su nombre; la hora de visitas había comenzado. Salió de su celda hacia el cuarto de visitas, una sala larga con muchos pequeños cubículos divididos por un gran cristal, en los cuales la única forma de comunicarse con los visitantes era a través de un teléfono. Fue difícil contener las lágrimas; Luis veía a su amada tan bella como siempre, pero la expresión de la joven mostraba las horas de angustia vividas por la desesperación de las injusticias de la vida, y él revelaba en su mirada las horas de desvelo causadas por la pena que lo afligía. No hablaron mucho, las visitas eran muy limitadas y se las grababa, lo cual hacía que tuvieran que actuar con discreción para no cometer errores que entorpecieran el proceso.

– Habló tu hermano de México–dijo ella–. Al parecer tu abuela se encuentra en mejor estado. Ya salió del hospital, y creo que es el momento de que intentes llamarla para que tú mismo le digas por lo que estás pasando.

Luis quiso ocultar su necesidad por el dinero, evadiendo un poco el tema.

– No creo que sea el mejor momento. Todavía tengo la esperanza de salir pronto y no creo que sea prudente inquietarla–contestó él.

– Claro que sí; ella está desesperada por saber de ti. Hoy me informé aquí y me dijeron que sí puedes hacer llamadas a

México. Por favor no te molestes, pero te puse algo de dinero en un número de cuenta que te asignaron. Háblale hoy mismo a tu abuelita; está muy angustiada porque no la has llamado; además, dice Pablo que está muy lúcida y muy estable.

– Así lo haré. Nuevamente, gracias por tu apoyo. Ojalá algún día pueda pagarte todo lo que has hecho por mí.

El tiempo de visita se terminaba. Los dos prometieron comunicarse por medio de cartas, pues les era muy difícil verse; sólo tenían dos días de visita a la semana, y la prisión estaba muy lejos para que Zina pudiera ir frecuentemente.

Esa tarde Luis se preparó emocionalmente para hablar con su abuela; compró su tarjeta telefónica, y cuando calculó que era buen tiempo, llamó al celular de su hermano.

– ¿Cómo estás, hermano? ¿Cómo está todo por allá?

– ¡Qué sorpresa!–respondió Pablo–. Creí que no tenías permiso para hacer llamadas. ¿Cómo te encuentras tú?

– Acá todo marcha igual, y tengo pocos minutos para mi llamada. Quisiera poder hablar con mi abuela–interrumpió Luis.

– Sí, tienes razón, hermano. Ella está muy recuperada; lo único que le falta es tenernos a su lado. Creo que cuando la dejamos vuelve a recaer. Ahora te la paso, pero no le digas nada de tu problema para que no la mortifiques; dale otra excusa por la que no hayas podido llamarle.

Hacía ya casi seis semanas que Luis no hablaba con la abuela; sentía en su corazón una mezcla de temor y remordimiento, pero estaba ya preparado para fingir detrás del teléfono y tragarse todas sus tristezas y simular alegría, una alegría que estaba lejos de sentir, no sólo por su situación, sino por la condición médica de su abuela.

– ¿Cómo estás, Milita chula?–Le dijo Luis fingiendo alegria y con una lagrima corriendole por su rostro–. Ya me dijo Pablo que estás mucho mejor. Me da mucha pena no haberte podido hablar antes, pero nunca te encontraba en casa, y yo acá he estado trabajando mucho, y la escuela me ha tenido muy ocupado.

– No te preocupes, mijo–contestó la anciana–. Pero no sabes cuánto me has mortificado. Necesito escuchar tu voz, extraño tus recomendaciones y tus regaños. De todos modos me da mucho gusto que te esté yendo bien; sigue preparándote mucho y trabajando duro. Yo siempre le dije a tu madre que serías muy exitoso, y creo que donde quiera que ella esté, se estará dando cuenta que no me equivoqué. ¿Cómo va tu relación con tu noviecita, ya mero se casan? Quisiera que me dieran la oportunidad de conocer un bisnieto de parte tuya; ya ves que el de Pablo ya viene en camino. Dime, mijito, ¿cuándo vienes? Dijiste que sería pronto.

– Claro, abuela, ya casi voy; no te mortifiques tanto. Acuérdate de que tenemos muchos planes para cuando vaya; yo espero que sea este año–contestó Luis con un nudo en la garganta–. Además, claro que conocerás a mis hijos; no me voy a casar pronto, pero tú vas a vivir muchos años más y mis hijos tienen que ir a conocerte. Bueno, Milita, ya me despido de ti, tengo que entrar a trabajar. Estamos en contacto. Te llamo dentro de dos o tres semanas. Recuerda que te quiero mucho y que tienes que cuidarte y tomarte tus medicinas, no quiero estarte regañando–tomando aire para ahogar las lágrimas, terminó–; por favor dame tu bendición aunque sea por teléfono.

La abuela Andrea le dio su bendición como de costumbre, y además le dio un sinfín de recomendaciones para que se cuidara, y le prometió que seguiría orando por él y su familia todos los días, y que encomendaría a la Virgencita el cuidado y bienestar de sus hijos, acto seguido colgó la bocina para dar fin a lo que sería su última conversación con su querido nieto Luis.

Poco caso hizo Jack al expediente que le entregó su hija. Esa semana había tenido días muy ocupados, por lo tanto debió esperar hasta el siguiente lunes para revisarlo en la oficina. El lunes por la mañana, Jack llegó con el expediente en mano, lo puso en su escritorio y se dispuso a seguir su rutina acostumbrada. A la hora del almuerzo, platicó con algunos compañeros, entre ellos su jefe, al que además consideraba su amigo.

– Bien, señores, hay algo que quiero platicarles.

Sin mucho lujo de detalles, les contó de la situación en la que se encontraba envuelto, así como de la promesa que le había hecho a su hija acerca de que intentaría hacer algo por Luis. Inmediatamente las opiniones fueron contradictorias, como era de esperarse considerando que el asunto migratorio se encontraba en pleno debate, y que las marchas llevadas a cabo el año anterior, clamando por una reforma migratoria habían creado un ambiente hostil, originado por algunos grupos racistas en contra de los inmigrantes.

– Creo que debes manejar con discreción este caso–le dijo su jefe, el concejal Dan Peterson–. Un paso equivocado podría arruinar tu carrera política. Hoy en día ponerse del lado de los inmigrantes no tiene mucho sentido, y menos para los políticos, pues la mayoría de las veces debemos quedar bien con las personas que puedan favorecernos con su voto para una candidatura a futuro o para una reelección. Poniéndote del lado de los inmigrantes no conseguirás mucho, pues ellos regularmente no pueden votar, y los que sí pueden votar normalmente se abstienen de hacerlo y se mantienen al margen. Lo que te recomiendo es que le trates de conseguir algún tipo de asesoría y que te mantengas alejado del caso.

– Yo no estoy de acuerdo en eso–repuso otro concejal–. Yo creo que deberías meterte más a fondo, pues en la mayoría de estos casos hay muchas injusticias en contra de los inmigrantes, y aunque quizá no se vea, las estadísticas demuestran que sí vienen a trabajar y a aportar recursos a la economía del país. Esos grupos antiinmigrantes descargan el odio que vive en ellos mostrando su repudio en contra de otras razas o etnias, especialmente en los indocumentados, y dicen que éstos le hacen daño al país, lo cual no es cierto; ellos sólo intentan envenenar el corazón de los estadounidenses para que se manifiesten en contra de una reforma o legalización que ayude a salir de las sombras a estas personas–el concejal pausó un momento y continuó–. Creo que no deberíamos quedarnos con los brazos cruzados. Si somos buenos ciudadanos, debemos apoyar.

– Miren–intervino nuevamente Peterson–, recientemente un joven afroamericano fue muerto a manos de un joven indocumentado. El caso fue sonado, no sólo localmente, sino a nivel nacional. Ustedes saben que hay algunas estaciones de radio que se dedican a criticar cualquier acto negativo relacionado con inmigrantes, y también critican cualquier movimiento en apoyo a ellos; nosotros debemos mantenernos lo más alejados posible de todo esto para evitar ser blanco de estas críticas.

El concejal Paul Summer se dirigió a Jack:

– No podemos ir por la vida pasando por alto las necesidades que nos rodean. Los casos como el que contó Dan son uno entre un millón, y el pueblo estadounidense siempre se ha caracterizado por ser de un corazón muy bueno; sólo que este tipo de ciudadanos supremacistas siempre han mostrado su repudio por alguien, en algún momento por los afroamericanos, después por los japoneses americanos, y por supuesto por los latinoamericanos. Esos grupos racistas han olvidado que esta nación fue creada por inmigrantes, y somos muchos más los que queremos una nación unida y no una que viva con el odio entre sus miembros. Yo te aconsejo que hagas lo posible por ayudar. Creo que deberías ir a ver a John González, él tiene más experiencia en estos casos.

Jack se retiró más confundido que al principio y llevó el expediente a González, quien prometió revisarlo esa semana y ver qué posibilidades había. Esa misma noche, el señor Lee habló con su familia y la puso al tanto de la conversación que había tenido y les dijo que un experto en el caso le ayudaría a conseguir asesoría.

Zina no discutió con su padre; trató de entender su situación y tenía la esperanza de que al final de cuentas éste accediera a presentarse en apoyo a Luis; después se dispuso a escribir de nuevo a su amado.

Lunes 19 de abril

Luis:

Mi padre le pasó una copia de tu expediente a un experto que trabaja en su oficina. Creo que está accediendo a ayudarnos. Con suerte al final de esta semana tendremos un poco más de información al respecto. Todavía no ha decidido si presentarse o no en la corte; hay un ambiente antiinmigrante muy fuerte, y Papá dice que puede afectar su carrera, pero hay otros concejales que mostraron simpatía por tu caso. Dice Papá que un indocumentado dio muerte a un afroamericano y eso está creando más división en todos los grupos étnicos, y aunque se trató de un caso muy aislado, aun así los noticieros lo divulgaron de una manera muy amarillista. De hoy en adelante estaré más informada para saber qué se dice al respecto. También parece que se acerca otra marcha como la del año pasado, y hay algunas estaciones de radio que se dedican a desprestigiar a los inmigrantes así como a los políticos que están a favor de ellos. Mañana vamos a ir a la escuela para ver qué avances nos tienen. Te escribiré nuevamente. Con amor,

Zina

El lunes por la tarde, el señor Mireles llamó a la tía Lupita con noticias sobre el comisionado de la Cruz Roja, el señor Carl Rolmes.

– Hablé con él por teléfono y no me entendió mucho lo que le decía, pero el jueves nos podrá recibir en su oficina de Burbank; la cita es a las 5 p. m.

– Bien, ahí estaremos–contestó la tía.

Al día siguiente, Norberto y la tía Lupita acudieron a la cita con el cónsul, quien los recibió en su oficina.

– ¿Qué puedo hacer por ustedes?–preguntó el cónsul.

Ellos le explicaron la situación de Luis y lo importante que sería que alguien como él los acompañara a la corte.

– Me temo que va a estar muy difícil–respondió el diplomático–. Cada año son deportados cientos de mexicanos, y en la gran mayoría de estos casos nosotros no podemos hacer nada. Nuestra única función es asegurar que sean tratados de forma humanitaria y que no se violen los derechos constitucionales de los detenidos, así como también ayudar con el pago por su deportación; si no tienen dinero, nosotros ponemos la mitad del costo. Sólo en casos muy excepcionales podríamos hacer algo más; no podemos meternos en cada caso; necesitaríamos cientos de cónsules para poder ayudar a cada inmigrante. Si ustedes saben de alguna violación a sus derechos humanos, por favor avísennos; también si tienen algún problema para pagar su deportación.

– Es decepcionante–se quejó la tía Lupita–. No puedo creer cómo ustedes, nuestros políticos mexicanos, que deberían apoyarnos, se hacen de la vista gorda ante la cantidad de abusos que recibimos los inmigrantes. No sólo a través de los años nos han orillado a emigrar en busca de oportunidades a otros países, también nos abandonan a nuestra suerte y se avergüenzan cuando tienen que representarnos ante una corte. Ojalá que un día las cosas cambien.

Con una molestia muy grande, abandonaron el consulado.

De regreso a casa con Norberto, se comunicaron a la estación de radio para averiguar si había alguna novedad con el locutor que había prometido ayudarlos.

– Lo siento, amigo–dijo el locutor–. Ya pasamos tu caso al aire y nadie llamó. No sé que más podamos hacer por ti.

– Y que tal si tú, como una figura pública, te presentaras ante la corte en apoyo de mi amigo. Yo sé que no lo conoces, pero te podríamos dar todas las referencias que tenemos de él. Además, al saber tus radioescuchas que nos estás ayudando, podrían interesarse un poco más y se correría la voz, incluso para encontrar una solución no sólo para mi amigo, sino para todos los inmigrantes.

– Mira, *compa*–dijo el locutor–, nosotros, como figuras públicas, debemos cuidar nuestra imagen, así como nuestro trabajo; no podemos comenzar a meternos en cada caso porque inmediatamente nos meteríamos en problemas con las autoridades, sin contar que también seríamos objeto de críticas para esos grupos antiinmigrantes que existen. Nosotros sólo cumplimos con informar y dar consejos, mejor búscale por otro lado.

Esto fue el cierre de un día decepcionante; se habían cerrado dos buenas opciones. Los amigos y la familia de Luis no podían creerlo, los grupos antiinmigrantes sí podían manifestar su repudio por los inmigrantes, pero las personas o comunicadores que podían abogar por sus derechos se hacían a un lado negando su ayuda.

Martes 20 de abril

Luis:
Hoy nos topamos con dos negativas. Tu tía y Norberto fueron al consulado mexicano en busca de apoyo. El cónsul se negó ayudarlos. Dice que hay miles de casos de deportación cada año, y que si ellos ayudaran, pasarían todos los días entre cortes y abogados. Tu tía venía muy molesta; dice que cómo es posible que los políticos de sus países se la pasen explotando al país y no hagan nada por ayudar a los que están en problemas, y sigan empujando a la gente a emigrar y a ponerlos en peligro, y en los momentos difíciles le dan la espalda. Dice también que los gobiernos de sus países sí aplauden el dinero que mandan los inmigrantes, pero se acobardan cuando necesitan ayuda.
También llamaron a una estación de radio, pero igual que los del consulado,

les negaron la ayuda. No están dispuestos
a arriesgar sus trabajos por tratar de
ayudar al prójimo. ¿Cómo es posible
que los hispanos, siendo la minoría
más grande del país no puedan unirse
y formar coaliciones para ayudarse
mutuamente como lo hacen otros grupos
étnicos?

Luis, mi amor, tengo miedo; no sé
hasta cuándo acabará este suplicio. No
quiero que se nos agoten los recursos; ya
son dos opciones menos, pero seguiremos
luchando. Te amo,

Zina

EL DOLOR DE LAS DESPEDIDAS

Pablo llevó a su abuela a revisión con el doctor, quien les dijo que la veía muy recuperada. También por esos días le hicieron una pequeña fiesta, ya que cumplía sesenta y nueve años. Estuvo con ellos el tío Antonio, que, como vivía hasta el otro extremo de la ciudad, tenía cuatro hijos y viajaba mucho por cuestiones de trabajo, encontraba complicado estar al pendiente de su madre; sin embargo, en esos días decidió tomar un par de semanas de vacaciones, pues la delicada situación de su madre le hizo pensar que ya era hora de que asumiera las responsabilidades que le correspondían.

– Mañana salgo a primera hora para Los Ángeles–le dijo Pablo a la familia–. Es necesario que yo esté allá para el proceso final de Luis. Debo reunirme con algunas personas que nos ayudarán en esto. Ya que pase la audiencia programada para el 5 de mayo, y dependiendo la situación de la abuela, veré qué tan pronto regreso. Aprovecharé que ustedes están aquí–le dijo al tío Antonio.

– No te preocupes, hijo, ahora estaré más al pendiente de tu abuela. Si es necesario me la llevaré a mi casa para que mi esposa se haga cargo de cuidarla. No lo había hecho antes porque aquí están muy cerca su doctor y el hospital. Vete sin pendiente y estamos en contacto. Gracias por dejar todo y estar aquí con ella.

Al siguiente día, Pablo salió muy temprano rumbo a Los Ángeles a reunirse con su familia y seguir en la lucha por su hermano. Se despidió de su abuela con la firme promesa de regresar pronto. Le dio muchas recomendaciones a María, y con la devoción que siempre lo caracterizaba, le pidió su bendición a la abuela, que con el rostro desencajado por la tristeza de ver a su adorado nieto partir, le dijo:

– Que la bendición de Nuestro Padre te siga por donde vayas, acompañada de Nuestra Señora, la Virgencita de Guadalupe; que cuiden de ti y te protejan, no sólo a ti, sino a tu esposa e hijo que viene en camino, en el nombre del Padre, del Hijo y del Espíritu Santo–enjugándose las lágrimas, la abuela continuó–, hijo, no sé cuántos sacrificios hayas hecho para venir a verme. Yo te pido que ya no te preocupes tanto por mí; yo ya estoy viejita y no sé cuánto más vaya a vivir, pero tú estás joven y estás descuidando a tu familia; podemos solamente llamarnos; te prometo que voy a estar bien y que me tomaré todas mis medicinas para no recaer. Nosotros, los que nos quedamos de este lado de la frontera, entendemos que cuando ustedes se van los hemos perdido para siempre. Sabemos que inician una nueva vida, y cuando nos visitan nos devuelven parte de lo que se llevaron; llenan el huequito que se quedó vacío el día en que se fueron y sabemos que tiene que quedar vacío nuevamente el día en que se vuelven a ir, y aunque no es fácil acostumbrarse, con el paso de los años sabemos que será una rutina que tendremos que vivir a través del tiempo. La herida nunca cicatriza y ahí está a flor de piel, y se mueve a cada momento que encontramos algo que nos recuerde al que se fue, igual que en cada llamada que recibimos de ustedes; y cuando nos visitan, llegan con el antídoto perfecto para sanar la herida, y aunque es sólo temporal, nos regocija y nos llena de calma, y cuando se acerca el día de su partida, la herida comienza a enrojecer hasta el día en que se van nuevamente y queda otra vez expuesta a la intemperie, vulnerable.

– Mira, hijo–continuó la abuela–, eso no es lo peor, igual que ustedes los que se fueron, los que nos quedamos acá sabemos que cada despedida podría ser la última de nuestras vidas; todo puede pasar: o nosotros aquí morir, o, Dios no lo quiera, ustedes faltarnos por allá. Cuando te llevaste a Luis sentí que algo de mí se desprendía, y me quedé por varios años sin ese algo que se fue, y uno nunca se acostumbra, simplemente se resigna a vivir sin ello. Es como cuando a una persona le amputan un dedo o una mano, vivimos, pero nos hace falta toda la vida. Por favor, hijo, cuídate, y cuida a Luis–prosiguió la abuela con una gran expresión de tristeza en los ojos y llenos de lágrimas–; dile que todos los días le pido a la Virgencita que los cuide y los guíe por el buen camino y que no les falte nada, sino que consigan lo que se fueron buscando. Dile que el amor mío y de tu hermana estará todo el tiempo con ustedes; quizá la distancia entre nosotros sea mucha, pero los recuerdos que viven dentro de nosotros permanecen a nuestro lado. Día a día recuerdo desde el momento en que nacieron y cómo los fui llevando en cada paso que daban en la vida; cada etapa fue grandiosa con cada uno de ustedes. Yo fui testigo de cada caída y cada triunfo de ustedes, y podía sanar sus heridas así como podía disfrutar de sus logros, y el día que se fueron se llevaron parte de mi ser, pues imaginaba que ustedes estaban desamparados, sin ayuda ni protección, y la única arma a mi alcance era una oración para encomendar su cuidado a Nuestro Señor, y en cada parte del día y de la noche lo único que estaba en mi mente eran ustedes. Pero ahora aquí estoy, ya muy vieja y enferma, y sin muchas ganas de vivir; ustedes no están conmigo, y aunque María es mi vida entera, siento que sólo le causo problemas y mortificaciones; quisiera poder ayudarla, pero a veces me faltan fuerzas, incluso hasta para levantarme. Sólo te pido que cuides a Luis y que cuides a tu familia, y que nunca olvides que mis oraciones siempre estarán siguiéndolos hasta donde ustedes estén.

Estuvieron largo rato abrazados, esperando que ese momento durara toda una eternidad; el abrazo suave y tierno de la abuela reconfortaba a Pablo en esos momentos de nostalgia, pero debía partir a seguir en la lucha por su hermano Luis.

Pablo salió de la casa con lágrimas en los ojos, aun con las palabras de su abuela haciendo eco en su mente. Había partido en busca de nuevas oportunidades y había conseguido parte de lo que se había propuesto; pero había dejado lo más importante: su familia. Si bien era cierto que ahora él ya tenía su propia familia, estaba casi imposibilitado a cuidar de su abuela, que había sido una madre para él y que lo cuidó en cada momento de su infancia y su juventud, y ahora que era su turno de cuidarla, no tenía tiempo y debía vivir a miles de millas de ella y dejarla sólo en manos de Dios y de los pocos familiares que estaban a su alrededor.

– Es tiempo de hacer algunos cambios en mi vida–pensó Pablo–. Hablaré con Norma para ver si podemos regresar algún tiempo a vivir a México mientras que buscamos la forma de llevar a la abuela a vivir con nosotros.

Norma y Zina fueron a recibir a Pablo al aeropuerto; eran alrededor de las tres de la tarde; un viento frío, un poco inusual para el mes de abril, le daba la bienvenida de regreso a la bulliciosa ciudad de Los Ángeles. Norma lucía su embarazo mejor que nunca, y su expresión de angustia, mezclada con la emoción al recibir a su marido, la hacía ver, a los ojos de Pablo, como una niña tierna que llora porque no encuentra su juguete favorito.

– Te ves divina–le dijo Pablo con los ojos anegados por la emoción de tenerla nuevamente en sus brazos–. Siento que te dejé mucho tiempo. No sabes cómo te he extrañado; estos días tan difíciles sin ti han sido como una eternidad. Yo sé que ustedes han estado iguales, con días muy complicados, pero ya estoy listo para pelear hasta el final. Gracias a Dios mi abuela se quedó en mejor estado. La dejé en su casa muy tranquila, y les mandó saludar a todos, y dice que hasta a ustedes las extraña; ojalá que puedan ir pronto a visitarla.

Platicaron toda la tarde en casa de la tía Lupita sobre los avances logrados hasta el momento, y sobre la salud de la abuela Andrea; estaban ya a sólo dos semanas de la audiencia y todavía no tenían nada claro. La tía tenía una cita al siguiente día con el comisionado de la Cruz Roja; Zina y Norberto irían el viernes a la escuela para ver qué noticias les tenía la directora; Norma y Pablo irían con el comandante Smith, mientras todos esperaban a que el señor Lee tuviera detalles sobre la copia del expediente que le había entregado al concejal González. Todo seguía como al principio, no había nada claro, sólo que el tiempo se terminaba y la tensión comenzaba a hacerse evidente en los rostros de los involucrados.

Miércoles 21 de abril

Luis:

Hoy llegó tu hermano de México. Llegó muy contento porque tu abuela está muy recuperada. Ella te mandó muchos besos y bendiciones. Aún no sabe que estás preso, pues no quieren darle una mortificación más. La llegada de Pablo nos da mucha esperanza, pues ahora es uno más que se nos une a la lucha por sacarte de ahí. Sé que lo lograremos. Mañana tu tía Lupita va a ir con el comisionado de la Cruz Roja con quien ibas como voluntario a apoyar cuando era necesario. Veremos qué ayuda podemos recibir de él. Tú no me has escrito todavía ni una carta; platícame cómo te va y cómo te sientes. Te amo,

Zina

Después de dos semanas detenido en la prisión federal, Luis se había ya habituado al ritmo de vida de la cárcel. Las condiciones no eran para nada agradables: estaban en un cuarto muy grande donde vivían cerca de cien reclusos que estaban, igual que Luis, en proceso de deportación o en espera de ser liberados si por alguna razón lograban conseguir un amparo por medio de alguna laguna legal, o si lograban quedarse por razones humanitarias, o si mostraban que merecían permanecer en el país. La cantidad de reclusos variaba constantemente, y cada historia era por demás conmovedora. En el centro de detención por lo general se encuentran personas de muchos países en espera de un juicio, pero la gran mayoría son inmigrantes indocumentados de México, seguidos en número por Guatemala y El Salvador; también había algunos europeos, africanos, de la India y muchos otros países. A cada uno se le asignaba un número, y se le entregaba una tarjeta con fotografía para poder identificarlos más fácilmente. Sólo en casos especiales se les permitía recibir llamadas; las visitas eran sólo dos días por semana y sólo pueden hacerla los cónyuges, hijos o los padres de los detenidos, pero en algunas ocasiones, por orden del juez o cuando el abogado lo consigue, puede un interno recibir algún otro tipo de visitas. Sin embargo, como es de suponerse, la mayoría de los familiares directos de los presos son también inmigrantes indocumentados y no se atreven a ir a visitar a sus esposos o esposas, ya que tienen el temor de ser detenidos en el momento de la visita. Es por eso que gran parte de los detenidos pasan sus días en prisión sin haber recibido una sola visita, lo cual hace más amarga y triste su estancia ahí. Es lamentable imaginar en dónde termina el sueño americano para algunos inmigrantes, que al llegar a esa prisión sienten que lo han perdido todo.

Esa mañana del jueves 22 de abril, Luis se dispuso a escribir su primera carta a su amada:

Zina:

Han pasado ya dos semanas desde que llegué a esta prisión, fría y obscura. Aquí parece que el tiempo pasa demasiado lento. Cada día te extraño más; no sé cómo vivir sin tenerte a mi lado; siento que todo lo que soñamos se ha quedado tan lejos de hacerse realidad. Anhelo que llegue el momento de vernos nuevamente y fundirnos en un abrazo de amor, pero debo seguir en espera. Agradezco todo lo que has hecho por mí, y espero el momento de pagarte al doble y curar las heridas que he dejado en ti debido a mi irresponsabilidad; perdóname, mi amor.

Aquí vivimos como delincuentes; los que estamos encerrados no logramos comprender por qué la vida ha sido tan injusta con nosotros. La mayoría de nuestros delitos han sido mínimos, como manejar sin licencia o haber estado trabajando con documentos falsos para mantener a nuestras familias. Estamos encerrados en un cuarto muchos presos. Sólo hay dos escusados y dos regaderas, y estamos bajo vigilancia veinticuatro horas al día. No hay privacidad, nos graban las llamadas y vigilan el correo, como si nosotros, aquí encerrados, pudiéramos cometer algún delito. La comida es pésima y sólo hay una televisión para todos, que se puede encender sólo por una hora tres veces al día.

También tenemos que ser contados dos veces al día; nos despiertan y debemos pararnos a un lado de la cama. La *situación es en realidad ridícula para los delitos que hemos cometido. Lo único que me mantiene en pie es la esperanza de verte nuevamente.*

Gracias por mantenerme al tanto de lo que pasa allá afuera. Hablen con el maestro Ortega y con el maestro Nyen, ellos, igual que yo, llegaron a este país indocumentados, saben de mi vida y creo que estarían dispuestos a ayudar, he leído todas tus cartas y atesoro cada una.

Luis

El comisionado de la Cruz Roja, el señor Carl Rolmes, recibió en su despacho al señor Mireles y a la tía Lupita. Era una tarde por demás melancólica; el cielo nublado pronosticaba una ligera lluvia, quizá la última de la temporada. Soplaba un aire frío, normal para el mes de marzo, pero muy raro para finales de abril. El sonido de una ambulancia saliendo a una emergencia puso una pausa al saludo entre ellos.

– Pasen–dijo el señor Rolmes–. Es un placer recibirlos. ¿Qué hay de nuevo, señor Mireles? Hace tiempo que no nos vemos; dígame, ¿cómo puedo ayudarlos?

– Ella es la tía de Luis Arriaga–explicó el aludido–, el joven que nos acompañó algunas veces en emergencias de rescate que tuvimos. Sí lo recuerda, ¿verdad?

– ¿Cómo no he de recordarlo?–respondió el señor Rolmes con un evidente gesto de agrado, recordando algunas de las ocasiones que habían trabajado juntos, como en el centro de acopio en la ciudad de Dallas, donde se había dedicado a controlar lo que se recibía y organizarlo para distribuirlo entre los damnificados, trabajando turnos de hasta doce horas continuas, entregando su tiempo con amor y dedicación al servicio de los demás–. Es un placer conocerla, señora. Su sobrino, a pesar de su corta edad, ha contribuido ampliamente al esfuerzo de esta institución. Creo que es un joven con un gran espíritu, pero no entendí cuál es el problema en el que se encuentra.

La tía Lupita se reacomodó en su silla, dejó su bolsa en el escritorio, y soltando un gran suspiro, comenzó a explicarle detalle a detalle sobre la penosa situación de Luis; la emoción estuvo a punto de ganarle en algunas ocasiones, pero concluyó su discurso diciendo:

– Usted entenderá, señor Rolmes, que en estos momentos imploramos su ayuda. Hemos encontrado muchas barreras y se nos ha complicado todo el caso.

Se hizo un pesado silencio en la oficina; Rolmes se quedó pensativo por un momento tratando de comprender la situación. De pronto, el señor Mireles interrumpió:

– Como verá, Carl, no estamos pidiendo gran cosa; sólo deseamos que usted testifique en la corte que conoce a Luis, lo cual es cierto, así como que ha tenido un buen comportamiento. El juez necesita saber que es un ciudadano ejemplar y que merece quedarse en el país. Usted y yo sabemos que eso es cierto, pues ambos hemos trabajado con él. Mi presencia no sería de gran impacto, pero la suya sí, ya que es una figura pública.

Carl se puso de pie y se dirigió a la ventana que daba al patio de la estación de bomberos que estaba junto a su oficina. Se quedó callado por unos segundos y se dirigió a ellos poniendo las manos sobre el escritorio:

– Creo que no habrá ningún problema en ayudarlos. No conozco la vida privada de Luis muy a fondo, sólo sé que su ayuda fue de gran importancia para nosotros y para mucha gente. Hoy mismo les haré llegar la carta de recomendación a

Luis, y me hacen saber la fecha de su audiencia; haré todo lo posible por asistir; a menos que alguna emergencia me obligue a abandonar la ciudad, de otra forma ahí estaré. Pero antes, ¿cómo pueden comprobarme que en realidad Luis no cometió otro tipo de delito? No quiero dudar de su palabra, pero debo cuidar mi reputación.

– Bueno–respondió la tía–, podemos pedir al abogado Quintanilla que le mande una copia completa del expediente de Luis para que usted compruebe por sí mismo lo que estamos diciendo. Mañana mismo le haré llegar la copia, y estoy segura de que después de haberla revisado no tendrá usted ninguna objeción.

– Me parce perfecto–asintió Carl–. Tomen una tarjeta con el número de mi fax y envíenmelo lo más pronto posible para poder confirmarles mi presencia.

Salieron de la oficina sintiendo que habían dado un gran paso más y que por fin tendrían la primera de las tres personas que se necesitaban.

A la mañana siguiente, Zina y Norberto acudieron de nuevo a la oficina de la escuela preparatoria de Sylmar para ver qué noticias había. Jonathan, el presidente estudiantil, los recibió a la entrada.

– Si vieran el alboroto que se ha formado por toda la escuela . . . Para empezar, estamos juntándonos muchos estudiantes para ir a la marcha de la próxima semana para pedir por una reforma migratoria, pues con el caso de Luis hemos despertado al darnos cuenta de que entre nosotros se encuentran muchos compañeros que están en el mismo problema; nuestros padres nos trajeron cuando éramos niños para sacarnos adelante, y no tenemos la culpa de estar aquí ilegalmente. Tristemente también ha habido algunas personas que se oponen a todo esto, incluso algunos se han juntado con varios maestros para pedirle a la directora que no apoye a Luis y no se presente el día de la audiencia en la corte. Pero vayamos y que ella les explique personalmente.

Se dirigieron los tres a la oficina de la directora y debieron esperar algunos minutos para ser recibidos.

– Pasen, muchachos, disculpen la demora–dijo la directora–, tomen asiento, por favor. Temprano en la semana tuvimos una junta con el superintendente y le explicamos la situación. Él nos dio su punto de vista de lo delicado que es este tema en este momento. Él cree que hay mucha controversia respecto a la inmigración, y conocemos la situación legal de muchos estudiantes, pero no podemos involucrarnos en cada uno de los casos por más especiales que sean. Lo que el superintendente recomendó es que hagamos una junta con los maestros y que todos juntos lleguemos a un acuerdo para decidir si me presentaré o no el día de la corte; todo esto para no afectar en general a nuestra escuela; así la responsabilidad por cualquier repercusión sería colegiada. Por lo pronto, esta reunión la programaremos para el lunes 26 de abril, y estaremos en contacto.

Se retiraron de la oficina contentos, pues al menos el superintendente no le había prohibido la ayuda a la directora; ya todo quedaría en manos de los maestros y el consejo estudiantil, y todos sentían que sí se autorizaría el apoyo abierto, especialmente por el gran aprecio que le tenían a Luis.

– Nosotros seguiremos trabajando con los maestros para convencerlos de que den su apoyo–les dijo Jonathan–.Váyanse tranquilos y el lunes, después de clases, me comunico con ustedes.

Esa misma mañana, Pablo y Norma se dirigieron a la base aérea Edwards para platicar con el comandante Smith, e iban charlando por el camino.

– Esta mañana me sentí un poco mal; apenas pude dormir pensando en la cita que tenemos con el comandante. ¿Tú crees que sí nos ayude?–preguntó Norma.

– Sí, sentí que estuviste despierta gran parte de la noche. Yo también estuve incómodo con este asunto, pero no te estreses tanto con la situación; ya casi tienes seis meses de embarazo y no creo que sea bueno para ti ni para el bebé. Tómalo con más calma, mi vida; ya verás cómo todo va a salir muy bien. Creo que el comandante entenderá la situación y será un aliado más en nuestro equipo. Confío en sus principios morales, pero, sobre todo, confío en la amistad que nos ha unido por estos últimos años, ya verás. Por lo pronto, ya que sabemos que es un niño el que viene en camino, ¿cómo le vamos a llamar? Y no sigas con que se llame Pablo, sabes que no me gusta tanto mi nombre–dijo él.

– Claro que sí llevará el nombre de su padre. Te dejo buscar un segundo nombre si quieres, pero el tuyo lo tiene que llevar–respondió Norma, fingiendo indignación y condescendencia.

Al llegar a la base aérea, se identificaron y fueron admitidos inmediatamente cuando informaron que tenían una cita con el comandante Smith. Pasaron a su oficina, y tras las formalidades necesarias, tomaron asiento.

– Es un verdadero placer volver a verlos. Tenía casi dos años de no saber mucho de ustedes. Por cierto, felicidades por su bebé. Es un verdadero gusto saber que viene un pequeño soldado en camino.

– Gracias, comandante–contestó Pablo con una sonrisa en su rostro–; aquí seguimos, firmes en la lucha por defender a la patria.

Usted sabe que la lucha se hace como si fuera personal y el trabajar para esta gran nación es todo un orgullo. Pero ahora tenemos un serio problema que no nos deja tranquilos y que está haciéndose cada vez más difícil en nuestras vidas, y estamos aquí para pedirle ayuda.

– Pues soy todo oídos. Espero que esté en mis manos ayudarlos; sepan que tengo un gran cariño por ustedes.

Con lujo de detalles, contaron al comandante los problemas de Luis y las frustraciones que habían vivido hasta el momento, incluyendo la precaria salud de la abuela Andrea, así como los problemas financieros que los aquejaban y les hacían todavía más difícil la situación. El comandante se movía en su silla un poco inquieto, tratando de ver con claridad toda la problemática que escuchaba, y aunque era una persona bastante fría y recia, se sentía conmovido por la situación, pues él había perdido a su madre hacía un poco más de un año. Al mismo tiempo, trataba de ver las cosas con un poco de frialdad pues muy dentro de sí enfrentaba una fuerte lucha entre bondad y patriotismo, pues aunque apreciaba profundamente a Pablo, tenía muy clara su idea sobre los temas migratorios. Pablo pudo sentir cómo el comandante se debatía con sus sentimientos, pero siguió hasta el final exponiendo a detalle el caso de Luis.

-Como ve, señor, ya sólo tenemos diez días para cumplir con los requerimientos del juez. Algunas personas ya nos han apoyado, pero otras nos han dado la espalda, así que quisiera pedirle su ayuda. Nosotros hemos estado al tanto de Luis y sabemos que es un joven con buenos principios morales y que jamás haría daño a nadie. Llegó con nosotros cuando tenía tan sólo doce años y desde entonces se ha dedicado a estudiar y a ayudar a su comunidad–dijo Norma.

El comandante Smith era un hombre corpulento de más de seis pies de altura y de mirada fría. Se quedó observándolos por unos segundos con una expresión de preocupación, y mientras acomodaba su espeso bigote respondió:

– Créanme que es un verdadera pena que estén atravesando por tan desesperada situación. Uno que está al servicio de su patria no se imagina lo que pasa en el mundo exterior, pero aquí mi mayor preocupación sería que el juez cuestionara cómo yo conozco a Luis, pues siempre he vivido en una base militar. Además esto podría afectar mi carrera dentro de las fuerzas armadas. Está por demás decir que es un caso bastante inusual y que antes de poder darles un sí, debo investigar qué repercusiones tendría. Por lo pronto yo les doy una carta de apoyo para que la entreguen al juez, pero no estoy seguro de presentarme en la corte; podría ser un punto negativo, no puedo mentir ante un juez diciendo que lo conozco personalmente. Si la audiencia es el día 5 de mayo, les haré saber mi decisión el lunes 3.

Después de unos minutos salieron de la base aérea de regreso a su casa, con un poco de desilusión.

– Creo que no nos ayudará–se lamentó Norma–. Por lo que pude percibir, al comandante no le importa mucho lo que pasa en el mundo exterior, y se deja llevar solamente por los noticieros que muestran sólo la cara negativa y no los logros que realizan los inmigrantes para el país. No hay más que seguir esperando, ya vimos que el comandante es un hombre de pocas palabras. Es increíble lo que nos pasa, continuo Norma, como es posible que uno como miembro de las fuerzas armadas estemos arriesgando la vida al frente de batalla, mientras aquí nuestras familias estén peleando por evitar ser deportado, creo que las leyes algunas veces son demasiado injustas.

Sábado 24 de abril

Luis:
    Hoy no pude visitarte. Tuvimos una ceremonia importante en la iglesia y no quise fallar porque mi madre y

yo queríamos hablar con el reverendo de la iglesia para pedirle apoyo. Al final de la ceremonia lo buscamos para explicarle y buscar una respuesta inmediata.

Me decepcioné tanto al escuchar su respuesta; siempre nos habla de amor al prójimo y de hacer el bien a los demás . . . jamás hubiera esperado una respuesta como la que nos dio. Dijo que cada persona estaba en problemas porque se lo busca y que además los asuntos legales y migratorios son temas que sólo pertenecen a las autoridades y no a los religiosos. Es absurdo; ¿cómo puede un pastor de Dios ver la vida de esa manera? Se supone que, como lo dice en sus sermones dominicales, debemos hacer el bien sin mirar a quien, y no le importó que mi madre y yo le explicáramos que eres un joven con muchas ganas de vivir una vida de éxito, así como que eres un buen ciudadano. Reniego de las enseñanzas que nos ha dado.

Mi fe se ha puesto a prueba. No reniego de Dios, pero sí reniego de sus representantes, que dan una doctrina y muestran otra cara en tiempos difíciles. Temo que otra puerta se ha cerrado; me he quedado con ganas de no pararme más a la iglesia; el amor debe ser sin condiciones. Seguiré informándote lo que acontece acá afuera.

Con amor,
Zina

ARMANDO EL ROMPECABEZAS

Una nueva semana traía una serie de retos nuevos. El abogado Quintanilla ya había presentado al juez los documentos que mostraban que Luis tenía derecho a la protección de la Ley 245i. Ahora el juez había pedido, para antes del último de abril, todas las cartas de apoyo de las personas que se presentarían a la corte el 5 de mayo. Las cartas debían ser entregadas notariadas y selladas, y precisamente las personas que firmaban las cartas debían presentarse a testificar el día de la audiencia, por lo que la familia debía movilizarse para tenerlas listas a más tardar el miércoles 28, y que así el abogado se las hiciera llegar al juez en persona. Hasta el momento sólo tenían la carta que el comandante Smith les había entregado el día que se reunieron con él y la carta que la tía Lupita tenía de Carl Rolmes; también la del padre Carlos, de la iglesia de Santa Rosa, pero ninguno había confirmado su presencia para el día del juicio.

El lunes por la mañana, por petición de Zina, el abogado Quintanilla mandó por fax la copia del expediente de Luis a la oficina del comisionado de la Cruz Roja, el señor Rolmes, para que pudiera analizarla y llegar a una decisión sobre su presencia. También, la tía Lupita decidió pasar a la iglesia para charlar un poco con el padre Carlos sobre la situación de Luis.

– Pasa, Lupita–dijo el padre Carlos con una gran sonrisa–; dijiste que llegarías a las dos y vienes un poco tarde. Sabes que tengo muchos compromisos y que no me gustan la personas impuntuales.

– Perdón, padre, me agarró un poco de tráfico de camino hacia acá; pero aquí estoy, y no sabe cómo me urge el hablar con usted–. La tía lo puso al tanto sobre todo lo acontecido hasta el momento, tanto de los logros como de los tropiezos y fallas–. Ahora sólo necesito saber qué ha decidido usted, padre; yo sé que no nos va a decepcionar.

– Bueno, hija, vayamos con calma–dijo el sacerdote con la tranquilidad que lo caracterizaba, pues en sus muchos años al servicio de Dios siempre había mostrado que era una persona muy clara y directa en lo que él creía, y jamás le gustaba decir lo que no sentía, lo que quedaba perfectamente claro en sus sermones, en los cuales regañaba a la gente porque llegaba tarde a misa o porque no participaba como debía–. Primeramente, ya platiqué con mis superiores, y creemos que podríamos dejar hasta el último minuto para ver cuánta gente se va a presentar, pues tú dijiste que con sólo tres personas era suficiente, y como te dije anteriormente, la Iglesia ha estado metida en muchos problemas y yo no quiero ocasionar un problema más al ayudar a Luis.

– Pero, padre, usted lo conoce bastante bien; no sé cómo dice que se podría meter en un problema. Mi sobrino siempre ha estado al servicio de la comunidad en su tiempo libre y se graduó con honores, tanto en la secundaria como en la preparatoria. No veo dónde puede estar el problema. Si gusta, hable también con el señor Mireles, él está muy metido en este asunto. Mi esposo y yo siempre hemos trabajado para la parroquia de muchas formas; creo que debe apoyarnos.

– Bueno, Lupita, no estoy negándome a asistir; sólo te estoy diciendo que hay que esperar hasta el último minuto, para ver si se necesita o no. Recuerda que tú también, como parte de la parroquia, debes velar por el bienestar de ésta. Por lo pronto ya te di la carta de referencia; ojalá que no sea necesaria mi presencia en la corte y que salgan de todo este lío en el que se han metido.

La tía salió de la rectoría parroquial con más frustración que con la que entró. No podía entender cómo era posible cuestionar el apoyo para alguien que había servido tanto a la iglesia y a la comunidad, pues no sólo contaba el trabajo de Luis, sino el de ella y de toda su familia. Ahora ella era la que sentía que la fe que había tenido toda su vida se iba desvaneciendo poco a poco.

Esa misma tarde, el consejo de la escuela se reunió para debatir si la directora Johnson se presentaría el 5 de mayo ante los tribunales como forma de apoyo hacia Luis. Se encontraba ahí gran parte de los maestros, así como la subdirectora y Jonathan, el presidente estudiantil.

– Bien–dijo la directora–, después de haber platicado con el superintendente escolar llegamos al acuerdo de que nosotros decidiríamos si yo testifico o no en favor de Luis Arriaga, el antiguo estudiante que, como ya todos han de saber, se encuentra detenido en una cárcel federal con la posibilidad de ser liberado o deportado. La decisión final caerá sobre todos nosotros; debemos evaluar la situación y ver en qué podría perjudicar a nosotros y a la escuela. Por lo pronto le dejo la palabra a Jonathan para que les explique lo acontecido hasta el momento.

– Hasta donde yo sé–comenzó el aludido–, se ha hablado de cinco personas que podrían presentarse a testificar, y aunque el juez solamente pidió tres testigos, ninguno ha asegurado que asistirá. Quisiera que tomaran en cuenta todo el trabajo que Luis aportó a la escuela y a su comunidad; él, como integrante del consejo estudiantil, fue un ejemplo dentro y fuera de la escuela, ayudaba a los estudiantes en sus tiempos libres para que subieran sus niveles educativos, y también ayudaba a sus familias. Es injusto que esté detenido o que sea deportado, pues en realidad no cometió ningún delito grave.

– Un momento–dijo la subdirectora, la señora Kim Dru–, ¿no consideran que es un delito el haber falsificado documentos legales? Yo creo que la escuela no debe involucrarse en asuntos criminales. La reputación de esta institución está por encima de cualquier asunto; imaginen qué va a pasar cuando la comunidad se entere de que estamos ayudando no sólo a un delincuente, sino a un delincuente indocumentado que ha venido sólo a cometer delitos en contra del país. Seríamos la vergüenza de la comunidad.

– No estoy de acuerdo–intervino el profesor Ortega–; yo considero que debemos manejar este asunto con más respeto, y no podemos juzgar a las personas por su estatus migratorio. Recordemos, si los cálculos no nos fallan, que este país ha sido formado, desde sus comienzos, por inmigrantes, y que aunque nosotros no vamos a solucionar nada del asunto, es mejor que lo hablemos con respeto. Además yo considero que el delito de Luis no es grave y que la causa por la cual él tenía los documentos falsos era sencillamente porque no se había solucionado nada a nivel nacional para legalizar cuando menos a los estudiantes que llegaron aquí de niños, pienso que es el caso de muchos estudiantes.

El debate se había puesto muy candente en los últimos días en la escuela, y todos los presentes ya habían discutido previamente entre ellos sobre el caso mostrando su apoyo o su rechazo, y para ese día ya todos tenían muy claro de qué lado estaban. Los que estaban a favor de Luis lo habían manifestado abiertamente, y en ese momento veían con disgusto a sus compañeros maestros que hacían comentarios racistas sobre los indocumentados. El maestro Nyen se puso en pie y dijo en un tono un poco molesto:

– A ver, aquí, todos los presentes, ¿quién no tiene un amigo o un familiar que haya llegado de inmigrante a los Estados Unidos? Y no importa que hayan llegado legal o ilegalmente. Yo llegué a este país de tan sólo cuatro años, y al igual que Luis, llegué sin los documentos para vivir aquí. Después de algunos años arreglé mi situación legal. Creo que todos tenemos alguna historia familiar con la misma situación. Es correcto, hasta cierto punto, que no sigamos apoyando a que más gente siga viniendo de forma ilegal al país, pero los que ya están aquí deben ser tratados con dignidad y respeto. Hasta donde yo sé, algunos de ustedes tienen raíces alemanas o irlandesas; incluso, en las casas de algunos el idioma principal no es el inglés. Todos llegamos por diferentes causas o circunstancias, algunos huyendo de opresión política, o otros por simple necesidad. Ahora explíquenme cuál es el delito de eso.

La reunión se había salido de control, había un tono más alto en las voces de algunos maestros; la directora sabía que no llegarían a ningún acuerdo; si continuaban se generaría un problema interno entre maestros, lo cual sería contraproducente para la escuela y quedarían rencillas muy marcadas. También sabía de la realidad de las palabras del maestro Nyen, pues ella misma era hija de inmigrantes polacos que habían emigrado a Estados Unidos huyendo de la ira de los nazis en la Segunda Guerra Mundial, y muy dentro de ella apoyaba la causa, pues sus padres habían sufrido mucho antes y después de haber llegado a los Estados Unidos, y aunque ella había nacido aquí, sentía como propio el dolor de sus padres. Pero como líder debía manejar la situación sin tomar partido abiertamente, escuchando a ambas partes con el objeto de obtener la mejor solución para el problema.

– Debemos detener esto inmediatamente. Venimos a debatir un problema y estamos creando otro–dijo la directora–. Percibo una gran apatía por el caso de Luis y quisiera pedir que analicen personalmente su posición y que no caigamos en este juego.

Como la audiencia es la próxima semana, les pido que para este viernes a más tardar me entreguen un sobre con su voto a favor o en contra. Para evitarnos complicaciones, su voto será secreto; todo lo manejaré con absoluta confidencialidad. Una cosa más: voy a pedirles discreción en la escuela sobre todo esto; no quiero conflictos entre ustedes ni entre los estudiantes.

Los maestros se fueron retirando poco a poco haciendo pequeños grupos entre los que se mostraban a favor y en contra; ahora las cosas se ponían un poco más complicadas en la escuela, pues nadie sabía qué iba a suceder con exactitud.

Jonathan se dirigió con el maestro Ortega rumbo a la salida de la escuela y le agradeció por las palabras de apoyo que había dado. Quería convencer plenamente al maestro de que lo que quería hacer sólo era por ayudar a un compañero que se encontraba en problemas.

– No te preocupes–dijo el maestro Ortega–. Creo que con las palabras del maestro Nyen todos reaccionarán de una forma positiva; todos sabemos que, nacidos aquí o no, tenemos una historia que contar acerca de la migración de nuestras familias. Yo te prometo que hablaré con algunos para convencerlos de que voten a favor de ayudar a Luis.

Por otra parte, de regreso a la oficina la subdirectora Kim hablaba con algunos maestros que ella sabía que estaban en contra, y aunque ellos eran muy pocos, sabían que podían tener más impacto que los demás.

– Si ustedes no están de acuerdo igual que yo, vayamos con la directora y pongamos las cosas en claro. Si no nos hace caso, podemos hacer una cita con el superintendente escolar y aplacarla de una sola vez. Él entenderá nuestro punto; estos asuntos son delicados, y no tiene caso pelearlo entre nosotros.

– Muy bien–dijo uno de ellos–. Mañana hablaremos con ella lo más temprano posible.

Esa tarde Jonathan se reunió con Zina y Norberto en casa de Norma y Pablo, les contó sobre la junta de la escuela y les entregó la carta de apoyo de la directora, aunque aún no estaba confirmada su presencia.

– Es increíble. ¿Cómo pueden oponerse así nada más sin tomar en cuenta que Luis ha sido un buen muchacho?–dijo Zina con un tono de desesperación y molestia–. Yo sé que lo que hizo Luis no es para aplaudir, pero tampoco para juzgarlo, especialmente considerando lo que dijo el maestro Nyen; aquí todos tenemos un antecedente directo o indirecto, y por supuesto que sabemos lo difícil que es ser inmigrante, pero no analizamos el problema a fondo hasta que nos toca vivirlo en carne propia. Es por eso que nadie se une por las causas de los demás y que no se logra un avance o una salida justa para legalizar a todos los inmigrantes. Creo que esto debe cambiar de una buena vez.

Lunes 26 de abril

Querido Luis:

Esta semana será definitivamente la más crucial para saber quién acudirá a tu audiencia. Tu tía Lupita habló con el párroco de tu iglesia y él le entregó una carta de apoyo para el juez, pero, igual que el pastor de mi iglesia, se mostró frío ante la situación, y por más que se predique en los días de celebración, no son capaces nuestros representantes religiosos de sacar las uñas para defender lo que predican. Ahora veo también por qué no ha comenzado una verdadera unión. Como tú decías, si todos los latinos y los religiosos se unieran, sería más fácil lograr una reforma que arreglara la situación migratoria de muchas personas; pero nuestros líderes siguen teniendo miedo de dar un paso más.

Ahora veo toda la necesidad en este ámbito; creo que en cada religión o cada iglesia existe mucha gente con el mismo problema que el tuyo, pero los líderes tienen miedo de hablar por no involucrar a sus iglesias o para no meterse en problemas, y en lugar de ser parte del movimiento son uno más de los que callan sus voces y hacen oídos sordos a las verdaderas necesidades de la comunidad. Si tan sólo los pastores de cada iglesia se unieran sin importar su creencia religiosa y juntos levantaran la voz, la vida cambiaría y las leyes serían diferentes. Estuve revisando en Internet y me di cuenta de que son cientos los diferentes grupos religiosos que mantienen sus voces calladas ante la injusticia, y, por otro lado, una gran minoría de personas protestan en contra de los inmigrantes. Estos grupos sí son escuchados porque no tienen miedo de hablar, mientras que nuestros dirigentes ven con tristeza cómo se recrudecen las leyes contra los inmigrantes, y miles de familias siguen separándose día a día y esto crea dolor en las comunidades.

Por otro lado, la ayuda dentro de la escuela se ha vuelto más difícil; un grupo pequeño de maestros está en contra de que la directora te apoye en la corte.

Lamentablemente entre ellos está el maestro Alderete, que nunca pensé que estuviera en contra, pues sabemos que tiene raíces latinas y, por consiguiente, de inmigrante. Es verdaderamente penoso que incluso entre hispanos no exista ese sentimiento de apoyo, en comparación con el maestro Nyen, que se manifestó a tu favor abiertamente. Perdón, pero siento rabia de lo que pasa aquí afuera. Mi más grande deseo es volver a nuestra vida normal y que sea entre nosotros lo mismo que era antes.

Nunca olvides que te amo con todo el corazón.

Zina

Jack, el padre de Zina, salió esa mañana como de costumbre a su oficina, y ya en el camino recibió la llamada del concejal John González, el que se había comprometido a revisar el caso de Luis y ver qué se podía hacer por él.

– Pasaré a tu oficina como a las 10:30 de la mañana para hablar contigo y explicarte mi punto de vista–dijo John.

– Claro, ahí te espero. Ya tenía varios días queriendo llamarte para saber cómo va todo. No sabes la presión que me han puesto mi hija y esposa al respecto, ya incluso le entregué la carta de apoyo para el abogado.

John entró a la oficina con el expediente en la mano y una hoja en donde había hecho algunos apuntes para repasar con un amigo abogado y darle las recomendaciones necesarias a Jack.

–No encuentro un gran problema en todo esto–dijo John–. Creo que el abogado Quintanilla tiene todo muy bien documentado, y con sólo tres personas que se presenten a testificar a favor del muchacho será suficiente para que el juez lo libere y lo exonere de los cargos, pues ya se demostró que los documentos sólo los utilizó para trabajar, lo cual no lo constituye un delito mayor pues él no los hizo, sólo los compró para trabajar y no realizó ninguna otra acción fraudulenta con ellos. En lo que concierne a ti, creo que tu intervención no tendría muchos factores negativos en tu carrera, a menos de que tú pongas alguna barrera y lo veas como algo fuera de tu ética o tu moral.

– Claro que estaría fuera de mi ética–contestó Jack–, pues debo de actuar como un político transparente ante mi comunidad y mostrar que quiero trabajar para las mejoras de la ciudad en la que desempeño mi cargo. Sólo lo haría por ayudar a mi princesa, pues no sabes cómo ha sufrido. Por más que trato de alejarla de él y del problema, más aferrada se pone.

– Pues si en mis manos está ayudarte, lo haré con mucho gusto, y si me preguntas qué haría en tu lugar, definitivamente yo haría lo posible por ayudar al muchacho y a tu hija. Sólo tengo una pregunta más para ti, Jack: tú me dijiste que él es el novio de tu hija, pero en el expediente aparece Zina como esposa de Luis. No sé si el abogado Quintanilla se equivocó o lo puso a propósito para hacer más fácil el caso, porque de ser así las cosas serían más fáciles para ambos.

Jack se puso en pie de un salto; creyó no haber escuchado bien lo que John le decía. Le arrebató el expediente y analizó la parte donde se señalaba a Zina como esposa de Luis. No pudo evitar mostrar su furia y dijo:

– Creo que aquí hay un error. Te agradezco tu ayuda y recomendaciones. Tengo que llamar al abogado para aclarar el error; te veo más tarde.

Al salir John de la oficina, Jack inmediatamente tomó el teléfono y llamó al abogado; quería saber si había sido un error, para corregirlo lo más pronto posible; no debía seguir así pues entonces él ya estaría completamente involucrado en el caso y se opondría definitivamente a todo. Después de una "larguísima" espera de casi un minuto en la línea, escuchó la voz de Quintanilla, que tomó la llamada:

– Señor Lee, ¡qué gusto hablar con usted! ¿En qué le puedo ayudar?

– Pues mire, Quintanilla, quiero aclarar un error que se encuentra en el expediente de Luis. En la página seis dice que Zina es la esposa de Luis Arriaga; le exijo que lo quite, pues yo jamás permitiría que mi hija se casara antes de terminar sus estudios y mucho menos con ese charlatán.

– Con calma, señor Lee; yo entiendo su molestia, pero no se ha cometido ningún error; tengo en mis manos el acta de matrimonio de su hija con el joven Arriaga, y es así como se abrió el expediente. La fecha del acta es de hace un par de meses, y perdone que no se lo haya yo comunicado a usted, pero no sabía que usted no estaba enterado.

– ¡Maldita sea!–exclamó Jack–. Necesito hablar con mi familia; olvídese de mí y de mi ayuda–y colgó el teléfono.

La caja de Pandora se había abierto; todo el juego que se había manejado a escondidas de Jack Lee salió a luz, y ahora Zina y Luis tenían un enemigo más en su contra; por ninguna razón él aceptaría seguir ayudando en el caso pues se había roto una estructura de confianza creada en la familia. No sólo se sentía traicionado por su hija, sino que ésta había tenido como cómplice a su esposa. Jamás lo hubiera esperado de ellas. Él habría dado su vida, de ser necesario, para sacar adelante a su familia y educarlos dentro de las líneas en que él fue educado. Todavía recordaba, en el trayecto a su casa y lleno de furia, los inicios de su romance con su esposa, y también toda la alegría que sintió al tener a su pequeña Zina en los brazos, y cómo la fue llevando paso a paso por cada etapa de la vida de la pequeña. Recordaba también sus primeras palabras y cómo ella siempre vio como todo un héroe a su padre; todos los planes que hizo para ella y para su hermanito; darles la vida que él nunca tuvo. Pero en ese momento sentía una puñalada dentro de su corazón, el cual le gritaba en busca de una respuesta a sus miles de preguntas, buscaba un porqué o buscaba una sola explicación de en qué había fallado para haber sido traicionado de tan vil forma.

Llegó azotando la puerta de su casa, exigiendo a gritos que su mujer y su hija acudieran a donde él estaba, y las encontró juntas platicando en la sala. Ellas lo miraron asustadas; no sabían aún lo que pasaba.

– ¡Exijo una explicación!–exclamó Jack con un abrumador grito–. Yo accedí a apoyar a ese charlatán, pero hoy me acabo de enterar de que ustedes se casaron a escondidas. ¡Explícame qué demonios quiere decir todo esto!–dirigiéndose a su esposa, continuó–. ¡Además tú también me traicionaste por haber ocultado lo que tu hija hacía! No dudo que hasta los hayas ayudado en todo.

Se hizo un espantoso silencio en la sala. Jack echaba chispas de coraje, y su color amarillento se había convertido en un rojo violento. Zina se dejó caer envuelta en un mar de lágrimas mientras su madre se acercó a abrazarla y le dijo a su esposo:

– Cálmate, Jack, por ninguna razón pienses que yo fui cómplice de todo esto. Yo fui la primera sorprendida cuando me enteré, pero no había mucho que pudiera hacer; ya nada se podía remediar y pensé que al decírtelo empeoraría aún más la situación. Deja de gritar y espera a que tu hija se calme y te explique. Tú sabes cómo está de enamorada y no midió las consecuencias de lo que pasaría al hacerlo. Todo en realidad fue un acto de amor que traerá consecuencias no sólo en sus vidas, sino también en las de nosotros.

Jack tomó una silla de un jalón y se sentó a escuchar los motivos que habían provocado a su princesa a tomar tan drástica decisión. Se hizo otro gran silencio; sólo se escuchaban los sollozos de Zina y la acelerada respiración de Jack, que estaba sumido en sus pensamientos. ¿Cómo se le habían ido tan rápido los años? Porque el tiempo se esfumó sin pensarlo . . . ¿Dónde había quedado aquella tierna niña que jugaba con su muñeca y le decía a su padre que jamás se iría de su lado? ¿Qué había hecho para merecer tan cruel castigo? Por un momento, el cansado hombre pensó que estaba soñando y que era una pesadilla; quería escuchar de su princesa que todo era un error y un mal entendido. Quiso levantarse y abrazarla; quería que nada fuera cierto . . . Pero se mantuvo callado esperando a oír la explicación en la voz de su hija. Después de unos minutos ella comenzó a hablar:

– Papá, tú sabes que te amo con toda mi alma, pero otra forma de amor llegó a mi vida y me enamoré locamente de Luis, y cuando me enteré de su situación legal y de la situación de su familia me conmoví al saber que él no podía visitar a su abuelita en México y que quizás no alcanzaría a volver a verla con vida. Investigamos el proceso por el cual él estaba arreglando su situación migratoria y descubrimos que le faltaban todavía muchos años para que éste se completara. La abuela ya es muy grande de edad y ha estado hospitalizada varias veces; los doctores han dicho que quizá no viva mucho tiempo más, y el abogado nos dijo que al casarnos sería mucho más rápido el proceso de legalización. Sabíamos que ustedes nunca nos apoyarían, así que decidimos casarnos en secreto y acelerar el proceso para Luis. Te pido perdón por mi falla; nunca nos imaginamos cómo todo se complicaría, pero ahora que todo ha salido a la luz quisiera que nos siguieras apoyando y que me perdones por lo que hice; mi madre no fue cómplice; ella se enteró después del accidente. Perdóname, por favor–cuando la muchacha terminó, los sollozos apenas la dejaban hablar.

Jack se levantó aún furioso; la explicación no lo había convencido. Dio varias vueltas por la sala como si quisiera más explicaciones y después dijo:

– Esto es algo que jamás les perdonaré, ni a ti ni a tu madre; me avergüenzo de ti. Jamás esperé esta traición. Quisiera desaparecer en estos momentos y pensar que nunca existió nada de esto. No te ayudaré más; has arruinado mi vida y quizás mi carrera política; quisiera no volverte a ver jamás.

Él sabía que no habían hablado ni él ni su corazón; sabía que la ira se había encargado de decir cada palabra que salió de su boca, y no se imaginaba cuánto daño habían hecho esas palabras en el corazón de su amada princesa. Pero ya era tarde, ya lo había dicho; el daño estaba hecho. Acto seguido salió como un rayo sin decir una sola palabra más, y dejó a las dos mujeres en un mar de lágrimas, fundidas en un abrazo. Todo había cambiado, ahora la situación era más difícil para Zina; debía tomar una decisión, pero en ese momento no quería hablar; sólo se quedó callada en brazos de su madre, esperando recibir el alivio que su corazón y su alma añoraban.

Esa tarde Zina salió de su casa sin rumbo fijo; debía pensar qué hacer; qué sería de su vida. No quería cometer un error más; pero sabía que las cosas no serían igual en su familia. Desalentada, buscó refugio con Pablo y Norma, quienes la recibieron con los brazos abiertos y le ofrecieron un refugio temporal mientras decidía lo que haría después.

Una vez que Zina estuvo más tranquila, ella, Pablo y Norma acudieron esa tarde a la oficina del abogado Quintanilla a entregar las cartas de recomendación. Eran cinco: la del comisionado de la Cruz Roja, la del padre Carlos, la del comandante Smith, la de la directora de la escuela y la del papá de Zina.

– Creo que no sería prudente presentar la carta de tu papá; no creo que decida presentarse a la corte. Lo oí muy molesto, y sería un factor en contra para el caso–dijo el abogado Quintanilla–, ya que las personas que proporcionen las cartas deben presentarse físicamente para reafirmar su apoyo. En realidad contemos únicamente con cuatro, aunque tres son suficientes. Mañana mismo las entregaré, y si hay algo nuevo me pondré en contacto con ustedes; si no, por favor vengan el lunes 3 de mayo para repasar la información para el día de la audiencia, que es exactamente en una semana.

Al siguiente día por la mañana, el señor Mireles se comunicó a la oficina de Carl Rolmes para preguntarle si ya había tenido oportunidad de revisar el expediente de Luis y si había tomado una decisión sobre su asistencia. Para su mala fortuna, no lo encontró pues Rolmes había salido fuera del estado y regresaría el viernes. No le quedó más que llamar a la tía Lupita y decirle que tendría noticias el siguiente viernes sobre la ayuda del señor Rolmes.

Miércoles 28 de abril

Luis:

No sabes cuánto dolor hay en mi corazón. Ayer mi padre se enteró de que nos casamos en secreto para acelerar tu proceso. No te imaginas qué hirientes fueron sus palabras. Jamás algo me había hecho tanto daño como escuchar que he decepcionado a mi padre. Creo que lo que más le duele es que se vea en riesgo su carrera política. Después de todo, los políticos son iguales en todas partes, les importa más el qué dirán que el bien que hacen.

Hoy estuve escuchando noticias de lo que pasa en el país; sigue la lucha por la ley de inmigración, pero al Congreso no le importa; a ellos sólo les interesa ver por su imagen ante el mundo; prefieren poner como prioridad cuántos billones de dólares se gastarán en armamentos para seguir peleando por guerras infructuosas, y votan por ayudar a otros países que sufren por los regímenes de sus gobiernos, mientras aquí gente inocente como tú se ve privada de su libertad por pequeñas cosas que hicieron. No les importa implementar leyes que siguen separando familias y se preocupan por atacar a tiranos de otros países mientras que aquí ellos actúan como tiranos contra la comunidad inmigrante. Quieren engrandecer el nombre del país, pero se olvidan de la gente que ha venido a trabajar y aportar recursos a la economía del país, y lo disfrazan con miles de excusas, haciendo ver a los inmigrantes como delincuentes. ¿Dónde está la justicia? ¿Por qué no comienzan por hacer el bien aquí con la gente que trabaja y genera dinero? Es increíble; la vida es cada vez más absurda.

Me enteré de que se está preparando otra marcha para el primero de mayo, pero se dice que acudirá menos gente que el año pasado. ¿Dónde está la unión? ¿Por qué dejan todo sólo en manos de los hispanos? ¿Qué no se supone que hay inmigrantes ilegales de todas partes del mundo? ¿No todos saldrían beneficiados por igual en caso de una reforma migratoria?? ¿Dónde están las personas de los otros países?

Por último, te aviso que por los problemas con mi padre me fui de la casa. De momento estoy en casa de Pablo y Norma mientras veo como se arreglarán las diferencias con mi padre. Te amo,

Zina

Al regresar a su casa esa tarde, Jack preguntó a su esposa dónde estaba Zina, ya que no la había visto temprano. Ella le explicó con tristeza que se había ido y no sabía a dónde; sólo sabía que había dejado una nota en la que pedía perdón por sus actos y decía que no volvería hasta saber qué iba a pasar con su vida y con el caso de Luis.

– Tiene el teléfono apagado y no encuentro ninguna forma de localizarla. Ya la busqué en casa de su amiga y ella tampoco sabe nada, pero dijo que iba a tratar de localizarla en casa del hermano de Luis.

– Pues si esto es lo que quiere, que le vaya bien–espetó Jack–. No voy a preocuparme más por ella. Ya es mayor de edad y puede tomar sus propias decisiones, y si nos quiere dejar, es muy asunto de ella.

– Ojalá que nunca te arrepientas de lo que haces–le dijo su esposa–. Lo dejo a tu conciencia, pero de una vez te advierto que yo seguiré buscándola y la apoyaré hasta donde pueda.

Jueves 29 de abril

Zina:

No sabes qué pesar siento al leer tu carta y enterarme de los graves problemas en que te has metido por culpa mía. No sé si, por tu bien, sea mejor que no sigas involucrada en todo esto. Sé que algún día podré compensarte por todos mis errores. Quisiera poder hablar con tu padre y decirle que es culpa mía y que tú no mereces estar sufriendo.

Cada día te extraño más, mi necesidad de ti es cada vez más intensa, siento un gran dolor por lo que te pasa y por todas las injusticias de las que te has enterado por mi causa. A veces quisiera tener una varita mágica para ayudar a otra gente que hay aquí, o pasarles mi ayuda a otros que no pueden recibirla.

Quisiera platicarte cada historia que escucho aquí adentro, pero jamás acabaría, sólo hay una en especial que me ha tocado el alma y te pido que busques ayuda para ellos: hay un compañero de celda llamado David; hace poco más de un año le detectaron cáncer a su hija Daniela, de sólo seis años; han luchado imparablemente para curarla, pero la enfermedad se ha resistido fuertemente y la niña ha tenido fuertes recaídas, pero de todas ha logrado salir adelante.

David y su familia son inmigrantes guatemaltecos que llegaron a este país hace poco más de ocho años; los dos siguen sin documentos legales, pero la hija, por ser nacida aquí, ha recibido todas las atenciones necesarias. Hace dos semanas David fue arrestado en un retén policíaco por conducir sin licencia; al parecer ya había recibido una orden del juez de no manejar, pues ya tenía dos infracciones por el mismo motivo. Él es el único sostén económico de su familia y debía seguir manejando aunque se arriesgara a ser detenido, y así sucedió. Después de haber sido arrestado fue trasladado a este lugar por ser indocumentado, y está en espera de que el juez dicte su sentencia. Sólo lo ha podido visitar su hermano, pues su esposa tiene miedo de venir porque teme ser detenida. No tienen dinero para el abogado, pues se han gastado todos sus ahorros en la cura de la niña.

Ahora la niña ha dejado de luchar por su vida porque piensa que su padre la abandonó porque ella está enferma, y dice que ya no quiere vivir. Él se la pasa aquí llorando; sabe que de ser deportado será casi imposible volver a viajar desde Guatemala hasta acá, pues cada vez es más difícil ingresar ilegalmente a los Estados Unidos. Me parte el alma. Hemos llorado juntos, pues aunque mi abuela ha estado mejor, siento en el alma un gran dolor al saber que está sin mí.

A veces quisiera regresar el tiempo y nunca haber venido a este país; así quizás nunca hubiera sentido el remordimiento por mi abuela, ni el remordimiento de lo que sin querer te he hecho sufrir. Perdóname nuevamente por todo; no dejes de escribirme. No sabes con qué gusto leo cada renglón de tus palabras. Hasta en el papel puedo sentir tu piel y percibir tu aroma.

Nunca olvides que te amo,
Luis

El tan esperado viernes llegó. Cada miembro de la familia se puso a trabajar para buscar la ayuda que necesitaban; el señor Mireles se dirigió a la ciudad de Burbank para hablar personalmente con Carl Rolmes; entró a la recepción y pidió a su secretaria hablar con él.

– Un momento por favor–respondió ella–. ¿Tiene cita con él?–preguntó.

– No. Simplemente andaba por aquí y decidí llegar; es un asunto urgente que necesito discutir con él.

Al poco rato apareció Carl.

– ¡Qué gusto verlo, señor Mireles!

– No quisiera quitarle mucho su tiempo–dijo Mireles–; sólo quiero saber si ya ha tomado alguna decisión sobre el caso de Luis. Sólo quedan unos días para la audiencia y la preocupación nos está consumiendo; su apoyo es de suma importancia.

– Claro–dijo Carl–; creo que no hay problema. Haré todo lo posible para estar ahí. ¿A qué hora va a ser la audiencia el próximo miércoles?–preguntó.

– Es a las once de la mañana. Toda la vida le estaremos agradecidos por eso.–Mireles se despidió, no sin antes dejar la dirección de la corte y anotar el número de teléfono celular de Carl.

Norberto y Zina fueron a la escuela nuevamente para preguntar a Jonathan si sabía algo sobre la directora. Él los puso al tanto de lo que sabía mientras caminaba con ellos hacia la oficina. Les habló de los maestros inconformes que habían ido a hablar con la directora, y que la habían amenazado con reportarla a un nivel más alto e, incluso, con buscar la forma de que la despidieran de la escuela si ella se presentaba en la audiencia.

– Pero ella se ha mantenido firme. Claro que no quiere dar un paso en falso, pues siempre se ha distinguido por buscar igualdad y justicia, aunque no niega que el caso la tiene un poco nerviosa–completó Jonathan.

Entraron a la oficina y ahí se encontraron con la subdirectora Kim Dru, quien se había manifestado completamente en contra de que la directora participara en la audiencia de Luis.

– Tomen asiento, muchachos–dijo la señora Johnson–; acabamos de abrir todos los sobres y sólo dos maestros se negaron a votar. De todos los demás, 70% estuvieron a favor y 30 % en contra, así que ahí estaré el próximo miércoles para testificar en apoyo para Luis.

Los tres dieron un grito de júbilo; después de tanta incertidumbre al fin veían un poco de luz. Todo el trabajo realizado había dado frutos. La única que mostró su inconformidad fue la subdirectora, quien en cuanto supo el resultado salió de la oficina sin despedirse, haciendo muecas de desacuerdo.

– Bien, muchachos–dijo la directora–, nos vemos el próximo miércoles.

Los tres jóvenes salieron de la oficina llenos esperanza, y aunque no sabían qué había pasado con el señor Míreles, lo que habían conseguido en la escuela era un punto a su favor.

Esa tarde todos se reunieron en casa de Pablo y Norma. El señor Mireles llegó junto con su familia; Norberto, con su novia; la tía Lupita, con su esposo y sus hijos; y finalmente, Jonathan. Pablo y Norma preguntaron a Zina si ya se había comunicado con sus padres, y ella les dijo que solamente con su mamá, y había quedado de verse con ella al día siguiente en un parque cercano a su casa, pero que su padre aún estaba muy enojado con lo sucedido. No obstante, lo que a ella más le interesaba en ese momento era solucionar el asunto de Luis.

– Bien–comenzó Pablo–, quiero empezar por agradecer todo el apoyo que hasta ahora nos han brindado. Definitivamente no sé qué hubiera hecho sin su ayuda. Quiero que también sepan que hoy me llamó mi hermana, de Guadalajara, y me dijo que mi abuela sigue estable, gracias a Dios. El lunes por la mañana quedó de confirmarme el comandante Smith si se nos unirá el próximo miércoles; veremos qué decide.

– Como ya saben, esta mañana estuvimos en la escuela Zina, Jonathan y yo–continuó Norberto–, y hablamos con la directora de la escuela; ella nos dijo que sí estará presente en la audiencia el próximo miércoles; así que sólo faltan dos personas.

Los aplausos por el logro no se hicieron esperar, todos los presentes se abrazaron entre sí, aun sin saber la noticia que portaba el señor Mireles.

– Pues yo les cuento que hoy estuve con el comisionado de la Cruz Roja, dijo Mireles, y también confirmó su asistencia, así que sólo nos falta uno más.

Otra serie de aplausos se escuchó en toda la casa, hasta los niños pequeños gritaban con gusto sin saber por qué lo hacían.

– A más tardar a las diez de la mañana del lunes yo sabré la decisión del comandante Smith–agregó Pablo–, y en caso de una negativa, la única opción restante sería el padre Carlos.

– Él dijo que iría si nos faltaba uno, así que en cuanto sepan la decisión del comandante me avisan para ir inmediatamente con el padre–dijo la tía Lupita.

– Todos hemos hecho un muy buen trabajo–concluyó Pablo–.
Ya llegará el momento en el que podamos pagar lo que han hecho
por nosotros. No hay nada que hagamos que no se nos regrese,
ya sea bueno o malo, y todo lo que ustedes han hecho les será
recompensado con mucho más.

Zina pidió ayuda para ir al día siguiente a visitar a Daniela,
la niña con cáncer que Luis le había pedido que visitaran.
Inmediatamente la esposa del señor Mireles y la tía Lupita se
ofrecieron a acompañarla y llevar algunos juguetes para hacerle
un poco amena la mañana a la niña, así como para convencerla
de que su papá la quería mucho y que estaba buscando una forma
de curarla.

Esa noche Pablo hizo una oración en silencio por el bienestar
de su abuela y de su hermano:

– Señor, tú sabes mi sufrir. Tú has estado en cada paso de
mi vida. Hoy te ofrezco mi vida por la salud de mi abuela, que
ha sido una víctima más de la ambición del sueño americano.
Nunca imaginé cuánto dolor iba a causar con mi venida. Mi
intención fue poder darles una vida mejor, y hoy encuentro en mi
camino sólo dolor. He puesto en incertidumbre la vida y libertad
de mi hermano, y en este momento sólo me queda pedirte que
me uses como un medio para resolver los problemas. Te ofrezco
mi vida por la de mi abuela, y mi libertad por la de mi hermano,
y pongo en tus manos la llegada de mi bebé, para que no llegue
en medio de tantos problemas que yo he ocasionado. Perdóname
mil veces por mis momentos de arrogancia y perdóname por no
medir las consecuencias que mis actos traerían a nuestras vidas.
Te prometo que seré el mejor padre para mi niño y el mejor
esposo para Norma, sólo te pido que no nos sueltes de tu mano.

A la mañana siguiente, Zina se reunió con su madre como
estaba planeado. Platicaron por largo rato, no hubo reproches, y
su mamá le recordó que las puertas de su casa estaban abiertas

en cualquier momento, y que encontraría la forma de cambiar el modo de pensar de su papá. También prometió estar con ella el día de la audiencia de Luis. Se despidió diciéndole que, pasara lo que pasara, ella siempre seguiría siendo su pequeña princesa.

Sábado 01 de mayo

Luis:

Hoy estoy más contenta. Acabo de ver a mi mamá y platicamos amenamente. Ella estará con nosotros el día de la audiencia y no sabes qué feliz me hace. Dice que mi papá le pregunta mucho por mí y que cada vez lo hace con menos enojo y más tono de preocupación. Hasta me mandó un poco de dinero. No se lo acepté para que vea que no soy tan fácil de contentar; pero te confieso que me dio mucho gusto el gesto de su parte.

Por otra parte, la directora sí estará con nosotros en tu audiencia, así como el comisionado de la Cruz Roja; ya sólo nos falta uno más, y será el amigo de Pablo o el párroco de tu iglesia, el padre Carlos. El lunes lo sabremos con toda seguridad.

El día de hoy se llevó a cabo la otra marcha pro inmigrante en Los Ángeles y en otras grandes ciudades, y aunque no hubo tantas personas como el año pasado, al menos hubo más gente de algunos otros grupos étnicos que comenzaron a mostrar apoyo, y se habla de que el año entrante seguirá creciendo. Comenzamos a ver un poco más de unidad, pero, con todo, los grupos antiinmigrantes siguen trabajando muy duro. ¿Cómo es posible que grupos tan pequeños de gente racista tengan tanta influencia en las leyes del país? Estoy segura de que si los hispanos se unieran, serían capaces de tener más efecto a favor de los inmigrantes.

Algunos noticieros dicen que estas marchas son infructuosas porque los diputados y senadores tienen otras prioridades en qué trabajar, y en lugar de hacer leyes a favor de los inmigrantes siguen buscando endurecer las leyes en contra de ellos. Pero un congresista de origen hispano dice que una legalización traería un incentivo a la economía, como pasó con la legalización de 1986, cuando se legalizó a casi tres millones de inmigrantes, quienes, al establecerse aquí en el país, aportaron recursos de forma dramática a favor de la economía.

Por lo pronto tu audiencia está más cerca. No dejo de contar los minutos para saber al fin cuál será nuestro futuro. Este fin de semana estaremos pidiendo mucho por ti para que todo salga bien. Con amor,

Zina

TRAIDORES

Pablo y Norma salieron temprano en la mañana del lunes rumbo a la base aérea Edwards en la ciudad de Lancaster para reunirse con el comandante Smith. Era una mañana calurosa y había un sol muy brillante. El tráfico de camino hacia Los Ángeles en la carretera 14 era pesado, como era habitual, pero hacia el norte era diferente, pues muy pocos vehículos circulaban en esa dirección, lo cual aceleró la llegada a su destino. La cita era a las 8:30 de la mañana, pero ellos llegaron a las 8:10. Iban vestidos con sus uniformes militares y portaban algunas medallas que habían recibido por sus acciones en el frente del combate. Ambos habían arriesgado su vida en numerosas ocasiones, y siempre habían salido triunfantes. En una ocasión, Pablo recibió una herida de bala en un feroz combate en Afganistán; tenía la herida ya cicatrizada en el brazo izquierdo. Dicha lesión le había valido una medalla, porque aun herido regreso al combate a rescatar a otro soldado que había sido alcanzado por una granada. El soldado rescatado sobrevivió, y Pablo recibió el reconocimiento por su gran valentía.

– Pasen–dijo el comandante–, ya los estaba esperando–y después de los saludos de rigor los invitó a tomar asiento–. Lamento informarles que no podré presentarme en la corte el día de la audiencia, pues se presentaron unos inconvenientes. En primer lugar, investigué con mis superiores y mi presencia no tendría mucho impacto, pues al no conocer personalmente a tu hermano podría caer en una mentira. Aparte de eso, de acuerdo a las leyes militares se nos está prohibido hacer este tipo de comparecencias, y finalmente, mañana seré trasladado a una misión especial. Créanme que lamento no poder ayudarlos, pero les deseo que todo salga bien.

Se quedaron sin palabras; ninguno de los dos creyó en la veracidad de los argumentos que el comandante había esgrimido. No hay ninguna ley que prohíba a los militares un testimonio judicial; ni tampoco el posible "impacto negativo en su carrera"; mucho menos que iba a ser trasladado, pues la vez anterior les había dicho que iba a estar en esa base por lo menos un año completo para entrenar nuevos soldados.

– No puede darnos la espalda–dijo Pablo–. Nosotros habíamos puesto toda la esperanza en usted. Como ya sabe, sólo faltan dos días para la audiencia y no tenemos muchas opciones; por favor no nos niegue su ayuda.

– Lo siento, muchachos. No quiero hacerlos perder más el tiempo. Dentro de quince minutos tengo otra cita y quiero conservar mi amistad con ustedes; les pido que entiendan mis razones y les deseo la mejor de las suertes.

El comandante fue muy claro y terminante, no había nada que Pablo y Norma pudieran hacer, pues por ningún motivo podían obligar a nadie a hacer lo que no quisiera, y él había sido muy tajante en su decisión. Salieron de regreso al Valle de San Fernando y recogieron a Zina y a Norberto para ir a la cita con el abogado Quintanilla. Todos llegaron un poco antes de las once de la mañana a la oficina del abogado. La tía Lupita llegó junto con el señor Mireles, y Pablo llegó con Norma, Zina y Norberto. Todos estaban callados, pues había más gente en la sala de espera. Después de unos minutos, la secretaria los invitó a pasar.

– Tomen asiento, por favor–solicitó Quintanilla mientras que hacía una seña con la mano a su asistente para que llevara una silla más para que todos pudieran estar sentados–. No hay fecha que no se cumpla–sentenció el abogado, que esa mañana de lunes lucía como un verdadero experto dispuesto a dejar su alma en el caso–. El juez recibió con agrado las cuatro cartas que le entregué el viernes pasado. Pude notar una expresión favorable en su mirada cuando vio que se cumplió lo que él había solicitado. Mencionó que esas personas iban a tener un gran impacto en la corte, pues se trata de personas reconocidas en la sociedad, y si al menos tres de los cuatro se presentan, el caso está ganado; tendremos a Luis de regreso a casa.

Pablo interrumpió al abogado con un tono de tristeza:

– Lamento decirles que esta mañana el comandante nos dio la espalda; puso gran cantidad de excusas para ocultar su negativa. Norma y yo sentimos que simplemente no se quiso involucrar; simplemente no tuvo voluntad.

– Yo no sé cómo la gente es tan insensible y le da tan poca importancia a estos casos tan delicados–dijo la tía Lupita–. Yo sé que hay muchos inmigrantes que sí cometen algunos delitos, pero es un bajísimo porcentaje comparado con los que vienen realmente a trabajar y a ser gente de bien.

– En eso estoy de acuerdo–dijo Quintanilla–, pero en este momento tenemos poco tiempo y debemos concentrarnos en el caso. Sin el apoyo del comandante, ¿qué otra opción tenemos? ¿Están los otros tres seguros?

– No–respondió el señor Mireles–, el padre Carlos dijo que habláramos con él si hacía falta una persona. Saliendo de aquí iremos todos a la parroquia para hablar con él; los únicos seguros son la directora de la escuela y el señor Rolmes.

– Entonces hoy me reuniré con Luis para ultimar detalles con él y necesito que al menos uno de ustedes me acompañe. Sólo dos personas aparte de mí pueden entrar con él, y sólo tendremos quince minutos a solas–aclaró Quintanilla.

– Yo creo que seremos Pablo y yo–dijo Zina–. No puedo perder esa oportunidad de verlo aunque sea por unos minutos.

– Bien–continuó el abogado–. Necesitamos que se comuniquen con las personas que irán a la audiencia. Es urgente que vayan y hablen con el padre Carlos, y a todos díganles que deben estar a las 10:30 de la mañana para registrarnos en la corte, pues la audiencia es a las once y no queremos contratiempos. A ustedes los veo a las dos de la tarde en el centro de detención–dijo, dirigiéndose a Pablo y Zina–; lleguen por favor diez o quince minutos antes para no desaprovechar el tiempo.

Salieron todos de la oficina y se dirigieron inmediatamente a la oficina parroquial de Santa Rosa. Llegaron y se anunciaron con la recepcionista.

– ¿El padre los espera?–preguntó ella.

– No le dijimos a qué hora vendríamos–respondió Lupita–, pero él ya sabía que lo vendríamos a ver.

– Ya casi termina de atender a la persona con la que está. Tomen asiento; enseguida le aviso que están aquí.

La pequeña sala de recepción se llenó con el grupo de recién llegados. Guardaron un total silencio, y los diez minutos que duró la espera se les hicieron eternos, hasta que al fin apareció el sacerdote.

– Adelante, caminantes–dijo con la alegría que lo caracterizaba.

Pasaron por el estrecho pasillo hasta la sala de conferencias que se encontraba en la segunda planta de la parroquia.

– Aquí estaremos más en privado. ¿Cómo va todo? Platíquenme.

Todos contaron la historia por partes al padre, como desahogándose después de tanta tensión. Le explicaron cómo se habían suscitado los problemas con las personas que se negaron a ayudar, así como también el problema de Zina con su padre, la negativa del amigo de Pablo, y la fría respuesta del cónsul mexicano en Los Ángeles.

– Como ve, padre–dijo el señor Mireles–, sí que necesitamos que no nos vaya a fallar; su presencia es muy importante.

– Bueno . . . hay que entender que este asunto es por demás delicado–respondió el sacerdote–, y sabemos que los involucrados algunas veces somos cuestionados por las autoridades en caso de que existan problemas más profundos. No juzguen a los que se negaron a colaborar; ellos sólo han sido cuidadosos en sus decisiones. Yo he sabido de muchos casos en los que las personas sí se meten en problemas, y, pues, hasta cierto punto las órdenes y prohibiciones vienen de más arriba y nos piden que seamos muy precavidos.

– Sí, pero los superiores no saben el dolor con el que vivimos las personas que estamos involucradas–dijo Zina–. Creo que es un asunto de justicia, y la justicia no puede ser cuestionada.

– De acuerdo–repuso el padre–. Pero no discutamos más el asunto, ahí nos vemos el miércoles–concluyó con un tono un poco inseguro; el religioso sostenía una fuerte lucha interna por ocultar su temor ante la situación, pero sentía la obligación de acudir en ayuda de un servidor de su parroquia, de un hijo de Dios que se hallaba en sufrimiento. ¿Qué más podía hacer sino presentarse y apoyarlo? El amor debía poder más que el miedo a los problemas y el temor a los superiores.

Jonathan entró a la oficina de la directora de la escuela, quien lo había mandado llamar.

– Hay unas cosas que quisiera platicar contigo–comenzó–; no quiero que el miércoles se haga alboroto en la escuela. Me enteré de que muchos estudiantes se han puesto de acuerdo para faltar a clase y acudir a la corte para hacer presencia como señal de apoyo. Dile a tus compañeros, por favor, que habrá consecuencias si hacen mucho alboroto y que yo no podré hacer mucho por ellos, pues yo ya tengo suficientes problemas con mi decisión de asistir. Esta mañana vinieron nuevamente los maestros que están en contra y me amenazaron otra vez con reportarme y hacerme ver como si yo fuera la principal organizadora de todo esto. También averigüé que hay un grupo de estudiantes que tienen pensado asistir para mostrar su rechazo; no quiero ocasionar un incidente o un enfrentamiento. Incluso uno de los maestros, y no te voy a decir quién es, es el que los está organizando, y los maestros no se conformarán con reportarme, sino que también tienen pensado ir con los estudiantes a manifestar su inconformidad. Incluso han dicho que contactarán a unos canales de radio para que hagan un complot contra la escuela. Por favor sean muy prudentes; no quiero que nadie salga afectado, ni los maestros ni ustedes.

Jonathan salió de la oficina un poco molesto por la situación, pero convencido de no hacer mucho escándalo en la escuela; quería que las cosas siguieran como hasta el momento para no desalentar a la directora y que ella cambiara su decisión.

Zina no podía ocultar su ansiedad en camino a Lancaster; iba muy callada, sumida en sus pensamientos. Su corazón palpitaba aceleradamente y esto le ocasionaba un sudor frío. El camino se le hizo eterno, y aunque ya había ido y sabía que estaba lejos, sentía que no iba a llegar nunca a su destino. Se preguntaba qué iba a hacer cuando tuviera a Luis de frente nuevamente; qué le iba a decir . . . Inventó miles de formas para mostrar tranquilidad;

tenía que estar segura para darle seguridad a Luis. Después de todo, confiaba en que el miércoles terminaría todo su martirio. Llegaron cinco minutos antes de las dos; el abogado ya los estaba esperando, y pasaron a la sala de espera.

Luis estaba sentado tranquilamente en el cuarto de entrevistas esperando la llegada del abogado, pero nunca imaginó que su hermano y Zina entrarían a verlo, ya que sabía que ese tipo de visitas no estaban permitidas, y mucho menos faltando tan sólo dos días para su audiencia. De pronto entraron los tres visitantes. Luis se puso en pie de un salto; no podía decir palabra alguna. Ahí estaba su amada; hacía ya más de un mes que no podía tenerla entre sus brazos. Le pareció más hermosa de lo que la recordaba, aunque se veía cansada por tantas noches de desvelo.

Luis, por su parte, se veía más delgado; se notaban en su mirada todos los días de tristeza; había llorado bajo las sábanas muchas horas, esperando el momento de estar nuevamente con ella y pagar todo el sufrimiento que le había ocasionado. Se fundieron en un fuerte abrazo; ninguno dijo palabra alguna, querían que ese instante durara una eternidad. Al mismo tiempo, Pablo los abrazó sin poder ocultar las lágrimas por la emoción de ver el gran amor que se tenían, y el inmenso cariño que sentía por su hermano. Se había dedicado a protegerlo desde que llegó con ellos y sentía remordimiento por no haber cumplido la promesa de cuidarlo que le había hecho a su madre; le dolía hasta el alma ver a su hermanito prisionero de la injusticia.

– Bueno, denme un minuto para explicar los pormenores para la audiencia–dijo el abogado con un ligero carraspeo–y enseguida los dejaré a solas para que puedan platicar a gusto.

Ruborizados, los hermanos se separaron y acto seguido Quintanilla explicó a Luis ciertos procedimientos para la audiencia; de lo que tenía que responder y lo que no, y lo que sucedería al finalizar la audiencia; después los dejó solos.

Los tres se tomaron de las manos. Luis les contó a grandes rasgos cómo era su estancia ahí, y Zina y Pablo le contaron los logros y fracasos en su lucha por liberarlo, aunque ya Zina le había platicado una parte en sus cartas, y sólo se limitó a confirmarle la cobardía del pastor de su congregación así como la de su padre y la del comandante Smith. Se prometieron que recuperarían cada minuto perdido y que estarían unidos toda la vida. Vieron con optimismo la audiencia del miércoles y también hicieron planes para lo que harían el día en que Luis saliera en libertad.

– Hay algo más que tienes que saber–le dijo Pablo a Luis–; hoy en la mañana me avisó el tío Toño que la abuela se puso un poco malita, y la tuvieron que llevar al hospital nuevamente. Por la tarde llamaré para saber cómo está la situación, y en cuanto pase la audiencia me iré de regreso con ella. Creo que mi presencia pueda ayudar a que se recupere más pronto.

Luis soltó nuevamente el llanto. Algo dentro de él sabía que su abuela había estado delicada de salud, y él se sentía culpable porque había dejado de comunicarse con ella, y el escuchar a sus nietos era lo que la mantenía en pie a la abuela.

– Nunca me perdonaré si algo le pasa a mi Milita–se recriminó Luis–; no podré vivir con el cargo de conciencia si nos llega a faltar. Si logro salir de aquí, buscaré por todos los medios ir con ella y reponerle el tiempo perdido. Han sido muchas promesas que he hecho y tengo que cumplirlas.

Los tres se abrazaron nuevamente, y prometieron estar juntos después del miércoles. Fueron interrumpidos por el guardia, quien solicitó a los asistentes salir de la sala, ya que el tiempo se les había terminado y debían llevar a Luis nuevamente de regreso a su celda. Se despidieron tan sólo con una mirada y la promesa de reunirse nuevamente para continuar su vida en donde el destino había hecho una pausa.

Salieron todos del centro de detención; ya no había mucho por hacer, sólo esperar a que llegara el miércoles por la mañana para descubrir lo que la suerte les tenía preparado.

Ese día por la tarde, el señor Mireles llamó nuevamente al comisionado de la Cruz Roja para hacerle el recordatorio de la cita para el miércoles, pero el comisionado no contestó y Mireles se resignó a dejar un recado en la contestadora automática y esperar su llamada de regreso.

El día de la audiencia finalmente llegó. Jonathan y cerca de cuarenta estudiantes estaban reunidos a las afueras de la escuela listos para hacer caravana rumbo a Lancaster. Eran las 8:30 de la mañana y la mayoría de los otros estudiantes ya se encontraba en sus clases; la directora Johnson no había llegado, pues ella se iría directamente al recinto de la corte. A la que sí vieron fue a la subdirectora Kim Dru, quien junto con los maestros opositores y unos diez estudiantes se disponía también a salir rumbo a la ciudad de Lancaster, pero en este caso en señal de protesta. La lucha había comenzado.

Por su parte, la tía Lupita y su familia también ya iban de salida, al igual que Norberto junto con su novia, Ximena. Pablo, Norma y Zina no habían podido dormir; hacía ya una hora, o más, que los tres estaban listos; sólo esperaban la llegada de la señora Tamara, la mamá de Zina, que iba a cumplir con su promesa de estar presente esa mañana al lado de su hija.

Eran los 8:37 de la mañana cuando sonó el teléfono. Zina corrió a contestarlo pensando que era su mamá; de hecho, contestó un poco molesta pues ya se había retrasado.

– Perdón. Pablo, es para ti. Es tu tío Antonio, de México.

Pablo tomó el teléfono sorprendido, pues muy pocas veces llamaba su tío y mucho menos tan temprano. Apresurado, preguntó preocupado:

–¿Qué pasa, tío? ¿Qué hay de nuevo?–Pablo se quedó callado, cerró los ojos y puso la mano que tenía libre sobre su cabeza–. Esta tarde salgo para allá. Encárguese de todo, tío. Después de la audiencia tomaré el primer vuelo disponible–. Colgó el teléfono y comenzó a llorar. Norma y Zina no podían creer lo que imaginaban y Pablo, sollozando, les confirmó la noticia que acababa de recibir: la abuela Andrea había fallecido.

Habían sido ya muchas lágrimas derramadas. Pablo sintió que el mundo se le venía encima; todos sus temores se habían hecho realidad y no pudo haber sido en el peor momento. Lo más querido en sus vidas se había ido para siempre y él estaba lejos de su abuela. Lamentó profundamente no haber estado con ella en los últimos momentos de su vida y no haber tenido la oportunidad de despedirse ni de haberle dado un último beso. Ahora, con todo el pesar de su corazón, debía buscar la forma de llegar a la corte con una sonrisa dibujada en su rostro para no desalentar a Luis, y después debía buscar la forma de darle la noticia a su hermano. Norma y Zina se abrazaron en silencio, y con una pequeña oración pidieron por el descanso en paz de alguien a quien también le habían tomado mucho cariño. Pablo no podía planear mucho, estaban a sólo una hora de enfrentar la audiencia de su hermano, pero ahora lo haría hundido en el dolor más grande que podía imaginar, la pérdida del tesoro más valioso del mundo, la pérdida de su abuela Andrea.

Tras la llegada de la mamá de Zina, y después de explicarle lo sucedido, salieron a la cita que los estaba esperando. Al llegar a la corte se encontraron con un gran bullicio; ya había llegado la tía Lupita, a la cual pusieron al tanto de lo acontecido; posteriormente pasaron a donde estaba el abogado, que había llegado muy temprano esa mañana para organizar todo su papeleo.

Todavía en el estacionamiento, se encontraba Norberto con su novia; se habían quedado platicando con Jonathan, que llegó un poco después que todos sus compañeros de la escuela, así como el señor Mireles junto con su familia. Se fueron todos hasta la entrada de la corte, donde Norberto y el señor Mireles se unieron al equipo, mientras que Jonathan se unió a los demás compañeros de la escuela, quienes inmediatamente lo pusieron al tanto del otro grupo que se encontraba en la acera opuesta: los estudiantes habían decidido llegar junto con los maestros que se oponían a la presencia de la directora.

– Se han propuesto arruinarnos la mañana–se quejó Jonathan–, pero no hay mucho que podamos hacer, sólo hacer de cuenta que no están aquí. Además nadie más que los involucrados tendrá acceso a la sala, a todos los demás no nos queda más que esperar aquí afuera y esperar noticias de adentro.

– Ya son las 10:30 de la mañana–dijo Quintanilla a la familia–, y no han llegado los que testificarán a favor de Luis. Les pido por favor que intenten comunicarse con ellos.

El señor Mireles tomó su teléfono y llamó al celular del señor Rolmes para averiguar qué pasaba con él. Las primeras dos llamadas no tuvieron éxito, pero al llamar la tercera vez tuvo respuesta.

– Lo estamos esperando, señor Rolmes, ¿ya viene en camino?–preguntó el señor Mireles.

– Lo siento mucho, señor Mireles. Lamento informarle que, por cuestiones personales, he cambiado de opinión; no me presentaré a testificar esta mañana. Escuché en una estación de radio que un grupo de maestros había llamado para informarles que se estaría llevando a cabo ese juicio, y están pensando mandar algunos reporteros para obtener información. Disculpe, pero no quiero manchar mi imagen con publicidad negativa. Le pido que entienda; éste es un asunto meramente personal y no encuentro razones suficientes para arruinar mi carrera ni mi reputación. Le deseo toda la suerte del mundo y le pido entienda mi situación.

El señor Mireles no le quiso reclamar nada; había sucedido lo mismo que con el comandante Smith: sentían más temor por su imagen que por hacer el bien a una buena persona. Las cosas empeoraban y debían movilizarse y contarle al grupo lo que había acontecido.

La tía Lupita llamó a la parroquia para averiguar qué había pasado con el padre. Contestó la recepcionista y le dijo que el padre había salido hacía un poco más de una hora.

– Pero no dijo a dónde iba, sólo que regresaría después de las tres de la tarde–completó la secretaria.

– Le ruego, por favor, que trate de comunicarse a su celular–imploró Lupita–; lo estamos esperando para el caso de Luis, mi sobrino, y estamos a diez minutos de que comience la audiencia y no ha llegado. Por favor localícelo; por lo que más quiera.

– No se preocupe, señora Lupita, yo trataré de localizarlo y le diré que la llame inmediatamente, deme por favor su número de teléfono–Lupita le dio el número y acto seguido colgó.

Un grupo de reporteros había ya llegado al lugar. Ellos pertenecían a la KFM del AM, estación muy conocida en el área de Los Ángeles y todo el sur de California por sus ataques hacia los indocumentados, así como a los políticos que se mostraban a favor de estos grupos. Las llamadas de los maestros habían dado frutos y estos reporteros ya se encontraban platicando con los maestros y alumnos molestos, haciendo críticas a la directora. Los reporteros de esa estación habían llamado a algunos reporteros de televisión para que asistieran a la corte para obtener más información y hacer más grande la noticia de lo acontecido.

La directora de la escuela apenas iba llegando al lugar y se dio cuenta del gran alboroto que ahí se estaba formando. Alcanzó a notar cómo se caldeaban los ánimos entre los grupos a favor y los grupos en contra. Entre el grupo de Jonathan se encontraban el maestro Nyen, el maestro Ortega y el maestro Frank Lessin, un maestro afroamericano que había decidido unirse al grupo de maestros a favor. La discusión era principalmente entre los estudiantes, pero en su afán por calmar los ánimos, los maestros también debieron entrar en la refriega.

La directora Johnson vio todo de lejos; aún nadie se había dado cuenta de su presencia. El equipo de televisión ya había terminado de instalarse y comenzado a grabar la riña verbal; había sido necesaria la presencia de algunas patrullas para separar a los dos bandos. La directora Johnson giró su auto de regreso para evitar ser vista.

– ¿Qué haré?–pensó–. Creo que esto ha llegado más allá de lo previsto, no puedo permitir que me vean aquí. ¿Será que puedo buscar otra entrada? ¿O simplemente me puedo retirar sin ser vista? No puedo ser blanco de críticas a estas alturas de mi carrera. El superintendente me lo advirtió y me dijo muy claro que no quería que pasara todo esto, y si me ven aquí estoy segura de que los maestros inconformes buscarán la forma de que me sustituyan. Yo creo que mejor me voy; estoy muy a tiempo todavía.

Después de unos minutos, arrancó su carro de regreso a San Fernando sin que su presencia fuera notada por nadie; una persona más había puesto su trabajo y reputación por encima de un acto humanitario.

– El señor Carl se echó para atrás–dijo Mireles a los presentes–. ¿Qué sugiere, abogado? ¿Qué pasos podemos dar? A mí no se me ocurre nada; sólo faltan cinco minutos y ya debemos ir entrando.

– Lo único que podemos hacer es ganar tiempo; entremos a la corte y pediré una prórroga. Creo que el juez nos podrá dar unos quince minutos; mientras, los que se queden afuera traten de localizar al padre Carlos y a la directora, y si logramos convencer al juez, con un poco de suerte podremos ganar el caso con sólo dos personas. Sólo necesitamos un poco de suerte.

Entraron todos al recinto de la corte, Pablo, Norma, Zina y el abogado Quintanilla. No había llegado nadie. Tomaron asiento y esperaron. A los pocos minutos entró el juez, todos se pusieron de pie.

– Que entre el acusado–ordenó el juez, y acto seguido entró Luis y lo llevaron al banquillo de los acusados. El juez azotó fuerte el mazo y exclamó:

– Comienza el juicio en contra del señor Luis Arriaga por falsificación y uso de documentos legales. Tomen asiento por favor.

El ujier de la corte tomó el juramento a Luis y el juez cedió la palabra a la parte defensora. El abogado Quintanilla se aproximó al estrado y en voz alta y clara pidió una prórroga de quince minutos para esperar a los testigos; el juez la concedió amenazando que, pasado ese lapso, pasara lo que pasara, iniciaría el juicio y no habría más prórrogas.

Luis no entendía qué pasaba; fue llevado nuevamente a una sala donde debía permanecer en espera mientras continuaba el juicio, pero se le hizo por demás extraño que los testigos no hubieran llegado y que sus familiares no hubieran sido capaces de mirarlo a los ojos.

Salieron todos de la corte a donde se encontraban los demás y encontraron a la tía Lupita envuelta en un mar de lágrimas.

– ¿Qué sucede?–preguntó Pablo.

—Acabo de colgar con el padre Carlos—contestó la tía Lupita—, y ha decidido no participar en el caso. No explicó mucho, simplemente dijo que tenía muchos temores y malos presagios sobre todo esto y que lo dejaba mejor en manos de Dios.

Todos estaban desconcertados; no encontraban la explicación alguna a tanta negativa, ¿por qué todo había cambiado de rumbo? ¿Por qué a última hora todo se había venido abajo?

— Tenemos muy pocas probabilidades de ganar el caso. Pensando que la directora llegue en cualquier momento, vamos entrando, y si acaso llega, pueden interrumpir la sesión, quizá traiga consecuencias menores, pero sería mejor que si no entraran.

Ajenos a la decisión tomada por la directora, entraron nuevamente a la sala de la corte para continuar con la audiencia.

— Orden en la sala—ordenó el Juez—. Traigan al acusado nuevamente.

— Bien, abogado Quintanilla, ¿en dónde están sus testigos?

El abogado se acercó nuevamente al estrado, ahora con un poco de desesperación ya que no tenía a los testigos presentes, y dijo:

— Pido al Honorable Juez me extienda el tiempo para permitir la llegada de ellos.

El juez dijo con voz enérgica:

— Absolutamente denegado. Creo que fui muy claro. Iré nombrando uno por uno a sus testigos, y si no están presentes, el caso quedará cerrado.

Uno a uno fue llamando a los testigos de acuerdo a los nombres que aparecían en el sobre. Nadie contestó; sólo un silencio abrumador seguía a cada llamada. Al terminar, el juez se puso de pie y enfrente de todos los presentes fue rompiendo una por una las cartas que había recibido.

– El caso queda cerrado por falta de pruebas sobre el buen comportamiento del acusado, y se le niega todo tipo de perdón. Su sentencia queda como dictaré a continuación: deberá pagar seis meses de cárcel en una prisión federal por la falsificación de documentos legales y su uso, y al terminar este lapso será deportado a su país de origen dentro de las primeras veinticuatro horas de haber terminado su condena. Sonó el mazo en el estrado y salió de la sala. Todo había terminado.

Un gran alboroto se armó en el recinto. El abogado sugirió que todos salieran.

– No se angustien de más–dijo Quintanilla–; todavía nos queda la apelación, y pelearé con todas mis fuerzas por ganarla.

Pero la desazón de la familia era tal, que no alcanzaron a registrar realmente la luz de esperanza que ofrecía el abogado.

Luis fue llevado de regreso a la sala de espera; todo fue llanto y confusión. Ni siquiera pudieron cruzar palabra entre ellos. Al fin Pablo pidió al abogado que buscara la forma de hablar con Luis para poder explicarle lo sucedido con la abuela Andrea. El abogado se desvío inmediatamente a las oficinas para hacer su petición y los demás salieron para explicar lo sucedido. Toda la gente afuera estaba a la expectativa. Primero se acercaron a la gente que los apoyaba y, todavía llorando, explicaron lo sucedido. El maestro Nyen se acercó a ellos y les dijo que se había comunicado a la escuela con la directora y ella confesó que sintió temor al ver presentes a los medios de comunicación, así como los maestros que estaban protestando; ya había sido advertida por el superintendente, y al ver que los reporteros estaban entrevistando a los maestros inconformes, le faltó valor, y pudo más el temor que la justicia.

– Lamentamos lo sucedido–terminó diciendo el maestro Nyen.

Inmediatamente fueron abordados por los medios de comunicación, los reporteros de la radio así como por las cámaras de televisión, tanto en inglés como en español. Las preguntas fueron dirigidas hacia Pablo y Norma, quienes, envueltos en su tristeza, simplemente declararon que todo había sido un acto de cobardía de ciertas personas allegadas a la familia. No quisieron comentar más; sólo dijeron que habían perdido el caso y que no había más que hacer.

Quintanilla salió de la corte y se dirigió a la familia con la autorización en la mano para que Pablo y Zina pasaran con Luis en unos minutos. Debían pasar por los protocolos establecidos y pasar nuevamente por una revisión minuciosa. Todos los presentes se fueron retirando; Jonathan se despidió dándoles ánimo para seguir adelante. Al final, sólo quedaron la familia y los amigos más cercanos. No hubo conversación alguna; cada uno analizaba en silencio todos los detalles de lo que había acontecido desde que comenzó la pesadilla hasta el momento en que habían perdido el caso.

– Yo le diré a Luis de la muerte de la abuela–dijo Pablo mientras se dirigían hacia el cuarto donde se reunirían con él–. Te agradezco todo tu apoyo en cada paso que hemos dado–le dijo a Zina–. Sé que tú también estás sufriendo, pero ten en cuenta que la justicia divina siempre llega y no será tarde para que puedan estar juntos por el resto de sus vidas.

Luis tenía el rostro desencajado; aún no podía creer lo que había pasado; no entendía qué había fallado en el proceso, pero no podía reclamar a nadie pues él estaba maniatado al estar dentro de prisión, y sabía que su familia había hecho todo lo posible. No había ni un solo reproche que hacer; por el contrario, sólo quería agradecerles lo que habían hecho por él. Entró Pablo con Zina al pequeño recinto donde Luis los esperaba. Los tres se fundieron en un abrazo, y así se quedaron por dos o tres minutos, sin decir una sola palabra. Al fin, Luis comenzó:

– Nuevamente les pido perdón por mi irresponsabilidad y por haberlos puesto en tan mala situación. Espero un día poder pagar todo lo que hicieron por mí. Yo sé que el tiempo curará todo, y aunque siento un gran dolor en mi alma por verlos sufrir, sé que la paz llegará nuevamente a nuestras vidas.

Zina lo tomó de la mano, lo miró a los ojos y le dijo:

– Amor, perdónanos tú por haberte fallado este día. Te juro que trabajamos muy duro para que todo saliera bien, pero me siento traicionada por todo mundo; la directora tuvo miedo y se acobardó, igual que todos los que prometieron ayudarnos. Ha sido un día triste no sólo en nuestras vidas, sino en la vida de este país. Nuevamente el temor y el miedo pueden más; el racismo y la discriminación están muy lejos de terminar. Nuestros religiosos lo permiten, y el pueblo estadounidense guarda silencio ante las injusticias. Siento que mi corazón se desgarra, pero lo anima la ilusión de que estaremos juntos nuevamente. No importa hasta dónde te tenga que seguir, siempre estaré a tu lado. Renuncio a mi padre, que de igual forma nos ha traicionado; siempre esperaré por ti.

Pablo tomó la palabra con un nudo en la garganta:

– Hermano, yo juré dar mi vida por esta patria. No reniego de ella, al contrario, siempre seguiré en lucha por su defensa; pero sí reniego de los estadounidenses de mal corazón, de ese grupo que siembra el odio en nuestras comunidades. El mundo ve a los estadounidenses por su gran bondad; son los primeros en dar la mano a los países en desgracia. Pero ese grupo de racistas trata de envenenarnos. Pero el bien siempre gana sobre el mal. Yo sé que fallé en mi promesa de cuidarte, y quizá lo hice por estar en el campo de batalla; pero no me arrepiento, por el contrario, sigo en pie. Sé que la justicia llegará y que estaremos nuevamente unidos como estábamos antes. Sólo que hay algo más que debo decirte . . .

De pronto se hizo el silencio en el cuarto. Zina se puso en cuclillas con las manos en el rostro y soltó el llanto; Pablo derramó dos enormes lágrimas y abrazó a su hermano con gran fuerza y raspó la garganta para agarrar valor; no sabía por dónde empezar. Luis veía de uno a otro sin entender; su rostro mostraba una gran preocupación; ¿qué pasaba? ¿Por qué tanto drama? Ni siquiera imaginaba lo que realmente acontecía.

– Hoy recibí una llamada de Guadalajara–continuó Pablo-. Lamento decírtelo en estas circunstancias, pero hoy por la mañana falleció la abuela Andrea.

Luis dio un enorme grito de dolor y cayó de rodillas al piso, se tomó la cabeza con ambas manos y soltó el llanto como niño.

– ¡Maldita sea!–repetía una y otra vez–. ¿Por qué tenía que ser así? He fallado. Dios, no puede ser, ¿por qué lo permitiste?

Pablo lo levantó y lo tomó en sus brazos. Dos guardias habían llegado a ver qué sucedía.

– No hay nada que recriminarse–dijo Pablo al mismo tiempo que sostenía a su hermano en sus brazos–. El destino nos ha hecho una mala jugada. Simplemente, la abuela ya estaba cansada, y creo que Dios la tiene en su reino, y estoy seguro que de allá ella seguirá al pendiente de nosotros. Su amor era tan grande que nunca terminará; aunque ella ya no esté aquí, ese amor seguirá en nuestras vidas por toda la eternidad.

Nadie dijo nada más; estaban simplemente unidos los tres en un abrazo cálido de amor. Ni siquiera se habían dado cuenta de que los guardias los observaban; el tiempo se había terminado y Pablo y Zina debían salir de ahí, y Luis volver a su celda, pero los guardias no quería interrumpir ese momento de dolor; aunque no sabían qué sucedía a ciencia cierta, podían percibir el dolor que los tres sentían.

– Se terminó el tiempo–dijo un guardia muy tímidamente–; Luis debe regresar a su celda.

– Hoy partiré hacia Guadalajara–dijo Pablo–. Te mantendré informado con todos los detalles.

Con lágrimas en los ojos, Luis les dijo con un tono bastante alto:

– Los amo. Te amo, Zina, te amo Pablo. Dile a mi abuela que me perdone por no haber estado con ella en los últimos momentos de su vida. Jamás me perdonaré esto. Dile que siempre haré una oración por ella para que descanse en paz. Zina, mi vida–continuó, dirigiéndose a ella–, perdóname por todo y nunca olvides que te amo con toda la fuerza de mi corazón. No sé cómo podré sobrellevar todo este dolor; sólo pido a mi Dios que me dé fuerzas.

Salieron todos de regreso hacia el Valle de San Fernando. Pablo debía partir inmediatamente a dar sepultura a su abuela. En el camino de regreso llamó a una amiga para que le hiciera una reservación de emergencia, pues no podía perder mucho tiempo; tenían mucho por hacer en Guadalajara. Aunque estaba la familia del tío Toño, su hermana lo esperaba con ansias, ya que seguramente también ella estaba destrozada por lo acontecido; su abuela Andrea se había ido, la que había sido más que abuela, había sido una madre que la había cuidado por tantos años.

Esa tarde hubo demasiado dolor para Luis. No sólo había perdido su caso en la corte y permanecería encarcelado injustamente y después seguiría el vergonzoso proceso de ser deportado, sino que también había perdido el tesoro más valioso que tenía en su vida, su Milita, la que le había enseñado los valores de la vida y que había cuidado de él desde que era un bebé. Ya se había ido, y había dejado miles de promesas por cumplir. Y aunque quizá nunca las hubiera podido cumplir, en ese momento le calaba en lo más profundo de su corazón. Tomó en sus manos la imagen de la Virgen de Guadalupe que siempre llevaba consigo y se arrodilló implorando perdón a la vez que pedía a gritos una explicación de lo sucedido.

Algunos compañeros de prisión lo veían sufrir en silencio. Su llanto no cesaba; por el contrario, se hacía más fuerte al imaginar lo que habría pasado por la mente de la abuela al verse morir sola sin la presencia de sus hijos queridos. ¿Por qué la vida había sido tan cruel? Si el perder a nuestros padres es el dolor más grande que puede experimentar el ser humano, el perderlos y no poder estar con ellos en sus últimos momentos de vida es, quizá, el doble del dolor, mucho más por no poder darles el último adiós. Él había escuchado muchos casos en que la gente perdía a sus padres o hermanos y tenían la desgracia de no poder ni siquiera ir a despedirse, pero jamás pensó en la posibilidad que le pasara a él, y mucho menos en esas condiciones. También imaginaba el sufrimiento de su hermana María, ¿cómo había podido soportar tanto dolor? ¿Por qué la dejaron sola con tan grande responsabilidad? Era posible que también ella se sintiera culpable por lo sucedido, pero ¿qué podía hacer una niña de dieciséis años? Era mucho para ella.

Luis comenzó a hacer un recuento de su vida, desde el momento en que su madre le había faltado, pensó en cómo la necesidad por la mala economía de su país los había hecho emigrar, primero a su hermano y luego a él. Recordó el momento de su llegada a Estados Unidos y el enorme esfuerzo que hizo por adaptarse.

También recordó cómo había dedicado su tiempo al servicio de los demás y cómo había sido traicionado por cada persona que recibió de alguna forma algo de él. ¿Qué les hubiera costado su presencia? ¿Qué les hubiera quitado darle sólo una hora de su vida? No les había pedido mucho, ni dinero ni fortuna, sólo su testimonio de que merecía ser perdonado y salir en libertad. Con amor y dolor también recordó todos los momentos gratos que vivió desde que conoció a su amada Zina; había sido grandioso ese flechazo a primera vista entre los dos, y pensó en los miles de planes que habían hecho para vivir una vida juntos. Habían pasado los mejores momentos de su adolescencia uno al lado del otro, y él se reprochaba una y mil veces el dolor que le estaba causando a ella con todo este problema. Quería tenerla a un lado de él y pedirle perdón. Recordó también los planes que su hermano había hecho para él cuando decidió traerlo al norte y cómo, después, su hermano se unía al Ejército de los Estados Unidos.

Pasaron quizás cinco o seis horas; las luces de la celda ya estaban apagadas. La mayoría de los otros reclusos estaban dormidos. Eran unos minutos después de media noche, y el dolor que sentía poco a poco se había transformado en rabia y coraje por verse ahí encerrado. Imaginaba el dolor que toda su familia sentía por su culpa, y él nada podía remediar. Sacó una pequeña lámpara de entre sus cosas, papel y una pluma, y comenzó a escribir:

> Hoy me he dado cuenta de que he vivido en medio de traidores.
> Traidores son los políticos de nuestros países que no buscan el bienestar de su pueblo; sólo buscan su propio beneficio y enriquecer sus bolsillos, y se olvidan de que hay una comunidad que se muere de hambre. Cada gobernante promete que hará cambios, pero cada vez es peor el que entra que el que sale, y orillan a sus ciudadanos a abandonar su patria y

dejar a sus familias. Cuando estamos acá, los gobernantes del país que dejamos nos aplauden el dinero que mandamos, pues es de gran ayuda para la economía del país; pero se olvidan de que aquí nos tratan como delincuentes, y cuando pedimos su ayuda nos dan simplemente la espalda y nos dejan a merced de las leyes de aquí, que son cada vez más duras.

Igual de traidores son los políticos de este país, que en sus campañas prometen que habrá una solución para los indocumentados, pero se olvidan de sus promesas, e igual que el padre de Zina, se avergüenzan de dar un paso más en busca de soluciones. Se olvidan de que ellos mismos de alguna forma u otra tienen alguna raíz de inmigrantes, y el Congreso hace leyes cada vez más duras en contra de nosotros, traicionándonos al tratarnos como delincuentes, pues aprueban miles de millones de dólares para ayuda humanitaria para otros países, mientras que los que vivimos aquí estamos siendo separados de nuestras familias. Gastan millones de dólares en la lucha contra el terrorismo, mientras que nuestras comunidades son aterrorizadas con redadas o con retenes; ¿dónde está nuestra ayuda humanitaria?

Traidores también son nuestros representantes religiosos, que callan por el qué dirán; que se olvidan de que su comunidad está en necesidad de una solución . . . Son tantas las religiones, tantos los creyentes . . . y al final no dan el paso que deben dar por no verse atacados por los medios de comunicación. ¿Cómo puede vivir alguien al servicio de Dios, y no estar a favor del bienestar de sus compañeros de trabajo, de escuela, de su parroquia o de su comunidad?

Traidores también son los medios de comunicación porque hacen de un delito de un indocumentado un gran escándalo para que salga en todos los noticieros y señalan que no deberíamos estar aquí, y callan los logros que los indocumentados alcanzan. ¿Cómo un comentarista racista puede llegar a su casa y hablar de amor a su familia después de haber deseado tantas cosas malas a otro ser humano?

Traidores también son todos esos inmigrantes que llegaron a este país y que después de arreglar su situación legal olvidaron que existe un dolor y una necesidad en nuestra comunidad, y se olvidan de apoyar las causas de la lucha por una legalización. Incluso algunos de ellos se avergüenzan de su ascendencia y de los movimientos que hacen los activistas por nosotros.

Traidores son también algunos de nuestros maestros, que enseñan en las aulas 'justicia y libertad por una nación indivisible', y al momento de apoyarnos se olvidan de sus enseñanzas, así como se olvidan de que algunos de ellos, o quizá sus padres o sus abuelos, llegaron a este país con la necesidad de sacar adelante a su familia y buscar una vida mejor.

Incluso, en muchas ocasiones participan en actos de discriminación hacia los inmigrantes con lo que truncan nuestras carreras, y nos dejan abandonados a nuestra suerte.

Me siento traicionado también por aquellos representantes de asistencia social, que al momento de recibir nuestra ayuda no les importa nuestro estatus migratorio, pero al momento que necesitamos de ellos, se acobardan y nos dan la espalda.

También siento mucha tristeza por la traición que recibió mi hermano, a quien, aun después de servir a la patria y poner su vida en peligro, se le dio la espalda y se olvidó la ayuda que él ha dado a esta gran nación; aunque él estuvo en el frente de batalla, fue traicionado sin consideración.

Traidores también son los inmigrantes que vienen a este país sólo a cometer delitos y a opacar a las personas de bien que vienen a trabajar y buscar aportar recursos al país; buscan quizá conseguir de una manera fácil riqueza y poder, o una vida sin sacrificios, y sólo vienen a dar vergüenza a nuestra comunidad. Las leyes que nos atacan a todos deberían ser sólo para ellos, para que sean castigados y entiendan que a este país debemos venir a trabajar.

Traidores son también todas esas minorías que no unen sus fuerzas por una unión general, pues se esconden bajo la luz pensando que sólo es problema de los hispanos, sin saber que también a ellos se les cuenta por igual, pues el racismo es parejo contra todos los inmigrantes.

Por último, traidores son todos esos grupos antiinmigrantes que buscan envenenar el corazón del pueblo estadounidense y que olvidan los principios de este país. Piensan que al promover el odio algún día se les levantará un monumento por todo el desprecio que sembraron en el corazón de aquellos que los escuchan. Ya bastante odio tienen algunos otros países contra esta nación, como para promover que esté en medio de nosotros. ¿Cómo pueden dar una entrevista de odio hacia los inmigrantes y luego llegar a su iglesia para hablar de amor al prójimo? ¿Cómo puede alguien, incluso, promover la separación de familias y luego usar su tarjeta de crédito para dar una donación de ayuda humanitaria? El pueblo estadounidense no debería permitir esos grupos de odio.

Pero más traidores son los mismos hispanos que se unen a estos grupos y se vuelven racistas con su propia gente, y que lo hacen nada más para llamar la atención o para ser aceptados en algún grupo y así poder recibir un reconocimiento por su odio declarado a nuestra comunidad.

Pido perdón por mis palabras y por el rencor que surgió en este momento en mi corazón, pero quisiera que esta carta llegara a manos de cada persona que me dio la espalda y me traicionó cuando *más la necesitaba, así como también a todos los ciudadanos estadounidenses para que puedan conocer el sentir de un inmigrante.*

Te pido perdón, Zina, amada mía; mi amor por ti perdurará por todo la eternidad.

A tempranas horas de la mañana todo era bullicio en el Centro de Detención de Lancaster. Las sirenas de las ambulancias y bomberos retumbaban en cada rincón de la penitenciaría; un gran grupo de bomberos y paramédicos corría por los pasillo del penal. Al fondo, el cuerpo de Luis colgaba de una regadera en el baño; se había quitado la vida colgando su cuerpo con una sábana para dar fin a tanto dolor que no pudo controlar más. Al final, el odio y la injusticia pudieron más que el amor; la vida de Luis había quedado de testigo ante una comunidad con hambre de justicia e igualdad.

EN BUSCA
DEL CAMBIO

A muy temprana hora de la mañana, sonó el teléfono en casa de Norma; no le sorprendió la llamada pues esperaba que Pablo se comunicara con ella para informarle cómo iba todo lo del sepelio de la abuela Andrea. Al ver el identificador de llamadas, se sorprendió al ver que se trataba de una llamada local, y que desconocía el número, además de que nadie llamaba tan temprano; eran alrededor de las 7:15 a. m. Dudó en tomar la llamada, pero al ver la insistencia decidió contestar el teléfono. Primero preguntaron por Pablo, y como Norma informó que no estaba, preguntaron por Zina.

– Está dormida–respondió Norma–, pero yo soy la esposa de Pablo, ¿le puedo ayudar en algo?

– Claro–replicó la voz del otro lado del teléfono–. Acaba de suceder una desgracia; le pido por favor que lo tome con calma. Es necesario que vengan a la prisión de Lancaster porque esta mañana encontramos el cuerpo sin vida del señor Luis Arriaga. Al parecer él se quitó la vida y necesitamos que vengan a identificar el cuerpo y recoger sus pertenencias.

– Norma estalló en llanto; no lo podía creer; las cosas empeoraban aún más; una desgracia llegaba detrás de otra.

¿Qué hacer? Pablo estaba tan lejos. ¿Cómo se lo diría? Miles de preguntas más pasaron por su mente.

Al escuchar el llanto de Norma, Zina salió a ver qué sucedía. Al principio se limitó a mirarla, creyendo que lloraba por la muerte de la abuela, y sin querer unas lágrimas cayeron de sus ojos. Después de unos segundos se acercó a ella. Norma no se había percatado de la presencia de la joven, quien llegó por detrás y la abrazó. Al sentir su presencia soltó aún más el llanto y por algunos minutos sólo lloró abrazada de ella, pues no encontraba cómo darle la noticia. Por un momento pensó en esperar a Tamara, que había quedado de recogerlas como a las 8:30 de la mañana, pero no podía aguantar y sólo tomó el teléfono y le dijo a Zina:

– Llama a tu madre para ver si puede venir un poco más temprano.

Zina tomo el teléfono confundida y llamó a su madre. Después las dos se fueron a la sala, se sentaron y Norma la tomó de las manos y comenzó hablar:

– Zina, yo te he tomado mucho cariño. Juntas hemos recorrido muchas aventuras, hemos llorado, reído y compartido algunos de los peores y mejores momentos de nuestras vidas, y hoy sólo quiero decirte que siempre estaré contigo para apoyarte, y aunque el camino sea duro yo sé que contaré contigo; pero de igual forma, nunca olvides que tú cuentas conmigo.

Ambas mujeres estaban, sin notarlo, apretando muy fuerte sus manos; Norma por no saber cómo decirle a Zina lo que tenía que decirle, y ésta, quizá, porque algo presentía. Los corazones de ambas palpitaban aceleradamente, como si se quisieran salir de su lugar. Las dos lloraban sin control, hasta que Norma tomó fuerzas muy dentro de sí y continuó:

– Acabo de recibir una llamada del Centro de Detención de Lancaster. Luis no pudo soportar tanto dolor por la muerte de la abuela y por no haber estado al lado de ella en sus últimos momentos; y al saber que estaría preso y separado de tu lado y de tu amor . . . decidió quitarse la vida.

Fue demasiado. Zina quiso gritar pero no pudo, sintió que le faltaban las fuerzas; no podía creer lo que escuchaba. Norma la tomó en sus brazos para evitar que cayera, pero Zina logró reaccionar y se zafó del abrazo.

– ¡No es cierto¡ ¡No puedo creerlo!–Gritó ella fuera de control–. ¿Por qué juegas así conmigo? Ya ha sido demasiado para recibir más. ¡Por favor dime que es una mentira!

– Cálmate, por favor–dijo Norma–; jamás jugaría con algo tan serio. Ni yo sé qué hacer. Tengo que avisarle a Pablo, pero no sé cómo decírselo, y lo peor de todo es que tenemos que ir a identificar el cuerpo y recoger sus pertenencias.

Estaban inconsolables. Había sido ya demasiado. Todavía no se recuperaban de una pena cuando ya tenían otra encima, pero la vida tenía que seguir; no podían quedarse allí; debían dar el siguiente paso. En ese momento entró la madre de Zina. La escena era desgarradora; estaban las dos en un mar de lágrimas, y al entrar la señora, Zina le gritó:

– ¡Está muerto, está muerto! ¡Se fue y me ha dejado sola!

Desconcertada, su madre la abrazó y le preguntó:

– ¿De qué hablas, hija? Me estás asustando.

– Luis se quitó la vida, mamá. No pudo más, y decidió buscar una salida a todo y se fue por el camino más fácil.

Las tres estuvieron allí por un largo rato, pero debían movilizarse. La madre de Zina condujo hasta la morgue de Lancaster para identificar el cuerpo de Luis. Después del doloroso proceso de identificación, se trasladaron a la cárcel para recoger las pocas pertenencias de él. Al llegar allí, Zina se identificó como su esposa y a ella le fueron entregadas todas sus cosas. La joven pidió más información de lo acontecido, pero tenían que esperar hasta que concluyeran todas las investigaciones del caso para poder recibir un reporte completo que aclarara la desgracia ocurrida.

En el camino de regreso, Norma hizo unas cuantas llamadas, citó a los amigos de Luis, a su tía y al señor Mireles en su casa. Ellas llegarían al Valle de San Fernando cerca de las 5:00 p. m., hora en que la mayoría ya habría salido de trabajar. Decidió no informar a Pablo de la muerte de su hermano, pues ese día la abuela sería sepultada y simplemente no quiso darle una pena más, pues nada ganaría; quería darle calma a su esposo para que le diera el último adiós a su abuela. Ya lo llamaría más tarde.

Cuando llegaron a su casa ya habían llegado algunos. Abrieron la puerta en silencio y los invitaron a pasar, les ofrecieron algo y se sentaron todos a la espera de que llegaran los demás. No pasaron más de diez minutos cuando finalmente todos estaban reunidos; entonces Zina y Norma les dieron la terrible noticia de lo acontecido. La casa era un caos; nadie lo podía creer, todos pensaban que estaban viviendo una terrible pesadilla y todos se recriminaban de la muerte de Luis; sentían que no habían hecho lo suficiente para evitar esa desgracia.

Envuelta en su dolor, mientras nerviosa hurgaba la bolsa con las pertenencias de Luis, Zina se percató de la carta que Luis había escrito, y tratando de encontrar una respuesta, comenzó a leerla en silencio. Conforme avanzaba el escrito, Zina se llenaba aún más de dolor acompañado de enojo por lo acontecido. Ella compartía el sentimiento de Luis y podía sentir el rencor y la ira con que había escrito; podía palpar cada palabra y sentía que la cabeza le daba vueltas por tanta injusticia. Al terminar de leerla se puso en pie y les dijo a los presentes:

– Luis ha dejado un mensaje para todos esos cobardes que nos fallaron. Creo que debemos cumplir con su última voluntad.

Norma tomó la carta y leyó en voz alta el contenido del escrito, y al igual que a Zina, a todos le cambió el sentir de dolor por una rabia incontrolable. Hicieron un círculo y la tía Lupita hizo una oración por el descanso de su sobrino. Al terminar dijo a los presentes:

– Hagamos muchas copias y entreguémoslas a todos esos traidores que nos abandonaron y nos dejaron con esta pena tan grande en nuestras vidas.

Todos se comprometieron a trabajar para que eso sucediera. Norberto y Jonathan harían todo lo posible por distribuirla en la escuela entre los maestros y estudiantes, ya fuera por correo electrónico o en papel; el señor Mireles la mandaría por fax a la oficina de Carl Rolmes, el comisionado de la Cruz Roja, que se había echado para atrás a última hora; también se ofreció ir junto con la tía Lupita a difundirlo en la iglesia con el padre Carlos y en sus comunidades. Por su parte, Zina haría un video para publicarlo en *You Tube*, el sitio de videos por Internet, y le entregaría una copia a su padre. Norma trataría de contactar a los noticieros que habían estado presentes a la hora del juicio de Luis y les entregaría a todos ellos una copia del escrito.

Ya entrada la noche, todos se retiraron a sus casas. Tenían en mente lo que cada uno haría; había llegado el momento de actuar. Zina se fue a casa de sus padres, pues su mamá se había empeñado en llevársela; sabía que su princesa la necesitaba más que nunca y no quería dejarla sola. La tía Lupita se quedó con Norma para hacerse mutua compañía.

Cuando Zina y su madre llegaron a su casa, Jack las estaba esperando, pues Tamara ya le había informado de lo acontecido. Él quiso abrazar a su hija, pero ella le gritó:

– ¡TE ODIO, PAPÁ! No sabes cuánto daño me has hecho. Mi mente no puede concebir cómo pudiste dejarnos a nuestra suerte. Nunca te lo perdonaré. Por favor déjame en paz, y toma esto–tendiéndole la carta de Luis, continuó–; léelo, pues fue escrito para ti. Me has traicionado y has traicionado también a la justicia. Ha valido más tu reputación que el amor por mí y el amor por los demás.

Su madre la acompañó a su cuarto y se quedó con ella por un largo rato. En la sala, Jack leía con tristeza y asombro el escrito de Luis.

A la mañana siguiente, Norma llamó a Pablo. Le dio muchas vueltas al asunto y necesitó mucho tiempo para armarse de valor para decirle sobre Luis. Pero aún sabiendo lo desgarrador que sería para él, tenía que hacerlo. Finalmente se lo dijo. No se había equivocado, Pablo se puso como loco, quería que fuera un error; en sólo dos días había perdido parte de lo más valioso que tenía.

– Mañana saldré a primera hora–dijo Pablo–. Hoy terminaré toda la documentación necesaria para dejar tranquila a mi familia y hablaré con mi tío para que se quede María con él mientras busco la forma de llevármela conmigo a los Estados Unidos. Sé que dejaré a todos aquí hundidos en el dolor, pero debo reunirme a ustedes para juntos sobrellevar la nueva pena que nos agobia.

Todos se movilizaron al siguiente día, el escrito rondaba por toda la escuela, pues Jonathan había entregado muchas copias a los estudiantes, así como también lo había mandado por correo electrónico a los maestros, a la directora y subdirectora. También publicó la carta en *My-space*, una de tantas redes sociales en la Internet para compartir información personal.

Todo era alboroto en la escuela; los alumnos se salieron de clases y muchos de ellos se fueron a las oficinas; otros simplemente deambulaban por los pasillos o en el campo de fútbol de la escuela, pero todos protestaban por el acto de cobardía que se había cometido, tanto por parte de la escuela como de las otras partes que habían negado su ayuda.

Algunos noticieros comenzaron a transmitir la noticia del suicidio, y Norma les concedió una entrevista; dando detalles de lo acontecido, entregó copias del escrito a los reporteros, los cuales no transmitieron al público lo que decía la carta, por supuesto. Zina llamó a Norma muy temprano para saber cómo iba todo y si ya había informado a Pablo. Ella no había dormido en toda la noche, andaba como sonámbula y sólo había podido poner el escrito de Luis en la computadora, pero eso había sido tan desgarrador, que cada detalle de la carta que leía la ponía a llorar a cada momento y sólo logró terminarlo hasta muy entrada la madrugada.

– Pablo llegará hoy por la tarde y se puso muy mal con la noticia–le informó Norma–, ya te imaginarás. Pero viene dispuesto a hacer justicia y dice que no parará hasta que su voz sea escuchada y todos sepan del acto de cobardía del cual fuimos víctimas por todas esas personas sin corazón que nos negaron su ayuda.

Eran las 11:00 a. m. cuando llegaron los primeros reporteros a las oficinas del concejal Jack Lee. Él estaba aún confundido por lo que había ocurrido y no lograba comprender a qué se debía la presencia de los noticieros. Pero era un gran bullicio. Algunos compañeros de Jack veían con asombro a los periodistas, y aunque estaban acostumbrados a lidiar con los medios de comunicación, no sabían de ninguna noticia relevante que provocara la presencia de ellos. Paul Summer entró a la oficina de Jack y le dijo con un tono un poco preocupado que era a él a quien buscaban para una entrevista relacionada con el suicidio de un inmigrante que se encontraba recluido en un centro de detención de migración.

– Espero que no se trate de Luis, el novio de tu hija–dijo Paul con cara de preocupación.

Con un nudo en la garganta, Jack le platicó a él y a los otros concejales lo poco que sabía al respecto, y que, en efecto, era Luis del que los noticieros hablaban.

– Créanme que lamento mucho lo que pasó, y me arrepiento mucho de no haberlos ayudado. Nunca me imaginé que todo llegara a tales dimensiones. Creo que debí brindarles la ayuda que me pedían.

Paul Summer sintió muy dentro de sí un poco de culpa por lo acontecido, pues desde un principio había recomendado a Jack que ayudara en el caso, y quizás si le hubiera insistido un poco más lo hubiera convencido de que acudiera en apoyo de los dos jovencitos, pero ya era demasiado tarde y nada se podía remediar.

– Pues, por el bien de la oficina, más vale que des la cara y atiendas a los noticieros. No creo que se vayan sin conseguir una entrevista contigo–le dijo Paul.

Después de meditar un poco en su oficina, decidió salir a enfrentar a los reporteros, que ya lo esperaban con ansia, e inmediatamente lo abordaron. Las preguntas fueron un poco molestas para él, pues no le preguntaron por el novio de su hija, sino por el esposo de ella. Jack se limitó a contestar muy superficialmente; no quería dar muchos detalles, pues no tenía mucha información al respecto y no quería dar respuestas equivocadas, pero prometió ponerse en contacto con ellos en cuanto tuviera más datos. Después de unos minutos se retiró de las oficinas argumentando que tenía que ver por el bienestar de su familia.

La mamá de Zina había llamado a un doctor amigo de la familia.

– Está muy mal–le dijo el doctor a Tamara–. Quiero que tome estas pastillas cada cuatro horas y por favor estén al pendiente de ella. Si notan algo anormal en la reacción de la medicina, por favor llamen de inmediato para recomendar algún otro medicamento.

Madre e hija salieron de regreso a casa y al llegar se sorprendieron al ver que Jack estaba allí. Entraron sin saludarlo, pero él se puso en su camino.

– ¿Ven todo lo que han ocasionado? Ahora todos los noticieros se encuentran en busca mía. No sé en dónde va a terminar todo esto. Temo que al fin lograron lo que querían, mi carrera como político se ha terminado.

– Claro–contestó Zina–. Tú sigues igual y lo único que te sigue importando es el qué dirán y tu inmunda carrera, y no lo que le pasa a tu comunidad, o tu familia . . . pero ojalá que se arruine para siempre, y yo, como nunca te he importado, te juro por Dios que me alejaré de ti para siempre.

Zina se encerró en su cuarto y dejó a sus padres discutiendo. Tamara lo recriminó por sus actos y se retiró al cuarto de su hija. Jack llamó a un amigo; necesitaba desahogarse, y necesitaba un consejo que lo ayudara a encontrar la salida de tan difícil momento de su vida.

Alrededor de las dos de la tarde, había un gran grupo de estudiantes reunidos a las afueras de la escuela preparatoria en Sylmar. Habían tomado la decisión de ir a las oficinas del Ayuntamiento de la ciudad de San Fernando a protestar por lo acontecido. Algunos maestros habían decidido acompañarlos, pues ya habían leído la carta de Luis. Mientras ellos se organizaban para emprender su camino, los maestros que se habían manifestado en contra se retiraron de la escuela tratando de pasar desapercibidos, al igual que la señora Dru, que de alguna forma estaba arrepentida por sus actos. Alrededor de las tres y media de la tarde llegaron los estudiantes y maestros a las oficinas del Ayuntamiento. Eran cerca de doscientos, que se apostaron a las afueras de la entrada principal y pidieron hablar con el alcalde, pues le querían informar de lo acontecido. A los pocos minutos, el alcalde salió sorprendido de ver tanta gente reunida y se dispuso a escuchar las quejas de los manifestantes. El maestro Ortega y Jonathan se encargaron de informarle sobre todo lo sucedido y le hicieron entrega de la carta para que la analizara por su propia cuenta. El funcionario prometió iniciar una investigación más a fondo sobre el incidente, y aunque le tomaría más tiempo entender a fondo la situación, entendía el sentir de todos los presentes y prometió que saldría en busca de justicia.

Ya entrada la tarde, todos los noticieros pasaban la noticia como el encabezado principal; algunos de ellos ya habían leído públicamente parte del contenido de la carta, mientras que otros sólo se limitaban a decir el título del documento, y lo llamaban "Traidores". En cuestión de horas se hizo noticia a nivel nacional, y aunque no se daban todavía detalles muy a fondo, sí se hablaba del suicidio de un inmigrante, esposo de la hija de un concejal, que no pudo soportar el dolor de la injusticia y que se había ido por el camino más fácil, el suicidio. Al fin la voz de Luis se había hecho escuchar. Nada lo volvería a la vida, pero su último deseo se había cumplido.

Zina seguía encerrada en su cuarto. Veía con asombro cómo la noticia se había corrido como pólvora; ya era encabezado de los noticieros y veía con placer cómo su padre se veía envuelto como el principal "Traidor". En medio de su rabia, pensaba que su padre estaba recibiendo el castigo por su acto tan vil. Zina subió la carta a *You Tube* y a su página de *My-space*, y le incluyó un video que decía "Aquí dejo el legado que nos dejó mi amado. Espero que el mundo sea testigo de esta gran injusticia que se llevó a cabo en nuestra contra. Ojalá que le den la espalda a todos eso traidores que nos abandonaron, y que no les importa la vida de los demás, pero sobre todo a mi padre, en quien pudo más la vergüenza que el amor por su hija".

Ahí permaneció encerrada toda la tarde. Su madre iba ocasionalmente para ver cómo estaba y darle los calmantes que le había recetado el doctor y para intentar que comiera algo, pero la joven sólo quería estar sola y llorar su pena; no le importaba el mundo exterior en ese momento. También recordaba los momentos en que su padre había prometido protegerla en todo momento de las injusticias de la vida y en que juraba que su felicidad era lo más importante para él . . . pero la había abandonado a su suerte. También recordaba todas las alegrías al lado de su familia; cómo la vida le había dado todo, pues nunca le faltó nada . . . hasta ese momento . . . Recordó cómo había surgido el amor entre ella y Luis, y lo que habían batallado para estar juntos, pues su padre no aceptó nunca esa relación. El paseo que juntos habían hecho a Disneylandia en el cumpleaños de ella había sido el más especial en su vida. Su amor había sido maravilloso pues se amaban incondicionalmente; la lucha de uno era la lucha de los dos, y sufrían más por el daño del otro que por el propio. Habían tenido una batalla muy dura desde el día del accidente que les cambió por completo el rumbo de sus vidas; desde ese día ya nada fue igual, y aunque ella luchó con todas sus fuerzas para sacar a Luis del problema, no lo pudo lograr, y eso era lo que más le dolía. También sufría al imaginar el sufrimiento de Luis al saber de la muerte de su abuela. Pero ya todo había acabado; ahora sólo estaba en su mente la fuerte determinación de pelear más para que la justicia se hiciera valer en el pueblo estadounidense.

Entrada la mañana, la mamá de Zina fue a despertarla para que comiera algo, pues ya llevaba casi dos días sin comer. Tocó la puerta insistentemente, pero no recibió respuesta. Asustada, llamó a gritos a su esposo para que la ayudara a abrir, pues no sabía qué pasaba con su hija.

– ¡Jack, ven, ayúdame por favor!–gritaba desconcertada–. ¡La puerta de Zina está cerrada y ella no me contesta!

Jack se apresuró para encontrar la llave de repuesto para abrir la puerta. Fueron unos minutos aterradores para los dos, pero al final encontraron la llave y pudieron entrar a la alcoba. Zina estaba en su cama aparentemente dormida, pero al tratar de despertarla no lo consiguieron. Jack le tomó el pulso y se dio cuenta que estaba viva, pero, al volverse para ver la mesita junto de la cama, vio los dos frascos vacíos de las medicinas que le habían recetado. En total se había tomado setenta pastillas. En su mano, apretada contra su pecho, tenía una fotografía de ella y Luis con unas palabras escritas en la parte de atrás: "Juntos para siempre".

– ¡Llama a una ambulancia inmediatamente!–ordenó Jack a su esposa. En cuestión de minutos llegaron los paramédicos. Después de darle los primeros auxilios, trasladaron a Zina al hospital Holy Cross, que se encontraba en la ciudad de Mission Hills, a unos pocos minutos de su casa, en donde fue atendida de emergencia. Tamara llamó a Norma para informarle de lo sucedido. Norma iba en camino al aeropuerto a recoger a Pablo, que llegaba proveniente de Guadalajara.

– Ahí estaremos en cuanto recoja a Pablo–le dijo Norma.

Norma se había comprometido a dar unas entrevistas esa mañana a unos noticieros sobre el suicidio de Luis, pero fue necesario cancelarlos por lo acontecido con Zina, y los noticieros decidieron acudir al hospital para obtener más información, ya que se trataba de la hija del concejal. En el camino de regreso, Norma llamó a la tía Lupita y al señor Mireles para que los acompañaran al hospital. En su camino, el señor Mireles llamó a la oficina parroquial de Santa Rosa para informar al padre Carlos, y él prometió alcanzarlos de inmediato en el hospital,

– Aquí le explicaré lo que pasó con Luis y la carta que dejó–le dijo el señor Mireles.

Al entrar Norma y Pablo a la sala de espera, encontraron solos a los padres de Zina. Nadie encontró qué decir; sólo se miraron desconcertados unos a otros, cada uno con su propia pena; todo había llegado demasiado lejos y no era momento de reproches.

– Lamento lo sucedido con tu abuelita y con tu hermano–dijo el señor Lee con una gran tristeza dibujada en su rostro–. No medí las consecuencias de mis actos, o la falta de ellos, y no saben cuánto me arrepiento por este acto de cobardía que cometí. Yo sé que nada traerá de regreso a Luis, pero quiero que me perdonen por mi falla y entiendan mi tristeza en este momento. Quisiera cambiar todo y regresar el tiempo, pero sé que ya es muy tarde. Ahora sólo le pido a Dios por mi princesa, que todo salga bien y se recupere. Desde hoy dedicaré mi vida a sanar todas las heridas que le he causado, y lucharé por que esta clase de injusticias no vuelvan a suceder.

Se dieron un abrazo todos para reconfortarse. Eran víctimas de la misma pena; el dolor era compartido, y aunque ya nada podía cambiar, ahora les quedaba apoyarse mutuamente para salir adelante en lo que la vida les había puesto en el camino.

A los pocos minutos llegaron Norberto, el señor Mireles, la tía Lupita y el padre Carlos.

– ¿Qué dicen los doctores?–preguntó Norberto.

– No nos han dado un diagnóstico concreto. Se tomó una gran cantidad de pastillas ayer por la noche–respondió Tamara–, y no nos dimos cuenta hasta hoy por la mañana.

– No sé cómo fuimos tan ciegos para no estar más pendientes de ella–dijo el señor Lee–. Parece que el daño es grande, pero por el momento sólo queda esperar.

– Afuera está lleno de reporteros–informó el señor Mireles.

– Vienen por lo de nosotros–contestó Norma–. Hoy por la mañana teníamos una conferencia de prensa con unos noticieros y la cancelamos por lo que pasó con Zina, y al saber que se trataba de la hija del consejal, decidieron venir para ver qué noticia podían sacar y quizá hacernos la entrevista aquí. Por el momento no hay que hacerles caso.

En la sala de espera todo era tensión. Jonathan recibió un mensaje de texto de un amigo en el que decía que el video que Zina había subido a *You Tube* junto a la carta de Luis era el más visto en ese momento, y que los canales de televisión estaban transmitiendo en ese momento a nivel nacional lo que pasaba en el hospital e, incluso, en algunos noticieros ya se había leído la carta por completo; ahora ése era el tema principal en todos lados. De pronto el doctor entró a la sala de espera y pidió hablar con los padres de Zina. Ellos se pararon de un impulso.

– Somos nosotros. ¿Qué noticias nos tiene?

El doctor hizo un largo silencio, limpió su garganta nerviosamente, y les dijo:

– Lo siento mucho; perdimos la batalla. Se dieron cuenta muy tarde de la intoxicación. Zina acaba de fallecer.

La noticia fue desgarradora. Los padres de Zina se abrazaron; los demás presentes no dijeron nada; todos lloraban sin consuelo. El padre Carlos hizo una oración en voz alta para pedir por el descanso eterno de Zina, así como paz para sus padres y amigos. También pidió perdón por el acto de cobardía que él mismo había cometido.

– Pido perdón por mi falla–imploró el sacerdote–. No sé cómo pude acobardarme ante la situación. Siento que soy causante de todo, pero lucharé junto con ustedes para remediar mi falla y no permitiré que se sigan cometiendo tantas injusticias. No sé qué tenga que hacer para lograrlo, pero necesito expiar este cargo de conciencia que me acompañará por el resto de mi vida.

Algunas personas se retiraron; sólo quedaron los padres de Zina, Norma, Pablo, el padre Carlos y el señor Mireles.

– Creo que debemos dar la cara a los noticieros–señaló Norma–; no creo que se vayan sin conseguir una entrevista.

– Yo lo haré–dijo Jack–. Es el momento de dar la cara y comenzar a remediar todo el mal que he causado.

Salieron todos a la entrada principal del hospital e inmediatamente fueron abordados por los noticieros.

– Señor concejal, ¿cómo está la situación de su hija? ¿Qué nos dice de lo ocurrido con Luis?–preguntó uno de ellos.

– Hoy, mi vida y la de los aquí presentes ha dado un cambio grande. Mi hija acaba de perder la vida al igual que su esposo, Luis Arriaga. Ambos se quitaron la vida por amor, un amor que estuve lejos de entender, pues viví con los ojos cerrados, con un concepto equivocado de los inmigrantes, y todo se perdió por una injusticia y una traición que algunas personas cometimos, y que en las sombras se comete día con día. Pero a partir de hoy lucharé incansablemente para saldar todo el daño que he causado. Ahora entiendo la necesidad real de mi sociedad; ahora entiendo cómo esa gente que vive en las sombras es atacada injustamente, y cómo nosotros, los políticos, en lugar de buscar una solución viable, nos dedicamos a hacerles la vida imposible, orillándolos a vivir una vida denigrante y que en algunos casos termina en tragedias como la que ocurrió con mi hija y Luis. Éste no es el país que queremos para las nuevas generaciones, pues Estados Unidos es amor y no odio; Estados

Unidos es unión y no desunión. Hoy lo entiendo porque me tocó vivirlo en carne propia; entiendo cómo fuimos dejándonos envenenar por esos grupos racistas y gobernantes que buscan cambiar la imagen de lo que realmente son los Estados Unidos. Hoy lucharé por el legado que nos han dejado unos jóvenes de dos culturas diferentes, pero que nos han demostrado que el amor está por encima de todo; porque esto son los Estados Unidos, el crisol de todas las culturas del mundo unidas en un solo país, en una comunidad que debe vivir unida sin que importen el idioma o el color de su piel. Dios bendiga a los Estados Unidos.

Pablo tomó la palabra.

– Hoy, juntos comenzaremos una lucha, una pelea por la igualdad, por el amor, por lo que llegamos aquí, el sueño americano.

– Y yo–dijo el padre Carlos–, pido perdón públicamente por mi cobardía y me uno a la lucha de los señores Lee y de Pablo y Norma, y pido a todas las confesiones religiosas del país que se unan para que luchemos por esta comunidad que vive en medio de nosotros y cuyos miembros son maltratados diariamente con el látigo de la injusticia y el racismo; es momento de unir nuestras voces en una sola.

Un nuevo movimiento había comenzado. Ahora un político no hispano, un sacerdote católico y un soldado activo se unían en una nueva lucha por promover un movimiento a nivel nacional por justicia y libertad en favor de los cerca de doce millones de indocumentados que viven en el país; doce millones de seres humanos con hambre de justicia que han generado recursos en tiempos de prosperidad, pero que han sido los más atacados en tiempos de crisis. El tiempo del cambio había llegado.

PAÍS DE INMIGRANTES

El día del sepelio había llegado; los dos cuerpos serían enterrados juntos como símbolo del amor que Zina y Luis se habían tenido en los pocos años que duró su relación. Nuevamente los medios de comunicación estaban ahí para presenciar la despedida de los jóvenes que perdieron la vida por una injusticia, y también para ser testigos del nuevo movimiento que comenzaba. Después de darles sepultura a los cuerpos, Pablo tomó la palabra frente a las cámaras y comenzó un discurso que habían preparado entre los tres, Jack, el padre Carlos y él:

"Hoy por hoy, Estados Unidos es el país más poderoso del mundo. Es el primero que sale a defender a un país que tiene un régimen que esclaviza a su gente, e invierte miles de millones de dólares para instaurar justicia y libertad para los pueblos oprimidos. Es el primero cuando de ayuda humanitaria se habla, y no le importa gastar lo que sea necesario en recursos humanos, materiales o monetarios. Quizá también es una de las naciones más jóvenes del mundo; su historia habla de no mucho más que cuatrocientos años. Sus gobernantes han hecho los movimientos exactos a través de los años, pero también es cierto que a través de los años Estados Unidos ha sido colonizado por ciudadanos de todo el mundo. Es, posiblemente, el país con el más variado mosaico de inmigrantes, pues seguramente no hay algún lugar del mundo que tenga al menos una persona que no haya intentado llegar o emigrar a este país. Así pues, la emigración es un factor común y necesario en el mundo habitual.

"Mal que bien, cada persona, sin importar su nacionalidad, el color de su piel o el idioma que habla, ha sido parte del crecimiento de esta gran nación y la inmensa mayoría de los inmigrantes han llegado a aportar algo positivo al país. Ser inmigrante no es ni será nada fácil, sin importar el origen de cada uno; alguna vez llegamos a este país huyendo de injusticias, o de algún régimen estricto, o simplemente de gobernantes que no luchan como debieran para sacarnos adelante, y dejamos mucho atrás, pero lo hacemos con la intención de tener una vida mejor o de poder darle a nuestras familias lo que nosotros no tuvimos.

"Cuando iniciamos la aventura de emigrar, sabemos que dejamos todo atrás, tal vez para siempre; hay emigrantes africanos o chinos que llegan aquí y saben que nunca volverán a tener la oportunidad de regresar a su país, aunque hayan dejado a un familiar enfermo o desamparado. Muchos emigrantes de Latinoamérica saben que al dejar su tierra hay poco por lo cual regresar; venimos buscando el sueño americano sin saber que quizá nunca lo alcancemos, pues lo que parece fácil no lo es.

"Al llegar aquí nos damos cuenta de que nuestra misma gente no está realmente unida. Vemos cómo vivimos con la envidia en medio de nosotros, y si a alguien le va bien, en lugar de felicitarlo comenzamos a criticar lo que con mucho esfuerzo ha logrado; y buscamos competir entre nosotros, algunas veces deseando el mal a los demás sin tratar de salir adelante unidos. También vemos cómo por el solo hecho de estar aquí, nos llaman delincuentes y nos tratan como los peores criminales, sin saber que dentro de nosotros ya existe un gran sentimiento de culpa por haber dejado a nuestras familias, y sí, quizás seamos delincuentes, pero no por lo que se nos acusa, sino porque al venirnos y dejar a nuestras familias, vamos matando poco a poco a nuestros padres por el sufrimiento que les ocasionamos al abandonarlos, algunas veces cuando más nos necesitan. Y cuando ellos pierden su salud o padecen enfermedades terminales o llegan a tener accidentes o simplemente van desmejorándose por el implacable paso de los años, nosotros no estamos a su lado para reconfortarlos y curar sus heridas.

"Muchos inmigrantes tienen la 'desgracia' o 'fortuna' de perder su vida en el intento de cruzar la línea, y los que logramos llegar con vida aquí, vamos muriendo poco a poco; mentalmente vamos perdiendo la fe y comenzamos a desmembrarnos por partes cuando comenzamos a perder a nuestros seres queridos. Pasa el tiempo y vamos perdiendo contacto con ellos; pasan los cumpleaños, el Día de la Madre, o el Día del Padre y sentimos cómo el tiempo nos va cobrando día a día el costo de no haber estado con ellos, y cuando llega el momento de verlos, sin haberlo notado, se nos fue la vida y nuestros padres envejecieron sin que nos diéramos cuenta. Algunas veces sólo logramos volver a verlos a través de una fotografía, y otras, ni eso, y el día menos pensado recibimos una llamada para avisarnos que ya se nos fueron y que nunca más tendremos la oportunidad de abrazarlos o darles un beso. Y entonces tenemos que tomar la decisión más grande de nuestras vidas: o vamos a sepultarlos y volvemos a correr el riesgo de entrar aquí ilegalmente, o decidimos no ir porque no tenemos papeles o porque pensamos que ya nada ganaríamos con ir, o simplemente por lo más irónico del mundo: porque no tenemos dinero, porque el sueño americano nunca llegó. Nuestros padres se han ido y aquí nos quedamos nosotros como muertos en vida, siguiendo en la lucha del día con día, y el corazón se va partiendo en pedazos, y se cae un pedacito por cada familiar que se nos fue, pues algunos emigrantes pierden a sus padres y después a sus hermanos sin que ellos hayan tenido tiempo de volver a verlos. Pero tenemos que sacar el coraje para seguir peleando por los que nos quedan. Algunas veces la lucha pierde cada vez más sentido y algunos siguen sólo por seguir y se olvidan del sueño americano, y se dedican a vivir una vida llena de conformismo, viendo cómo las leyes se vuelven cada vez más duras, y como nuestra comunidad no lucha unida; vamos perdiendo las ganas y terminamos siendo ciudadanos de segunda en el país, que es como nos tratan los antiinmigrantes.

"Y las personas que logran el sueño se olvidan de que llegaron igual que los que van llegando, y pierden el interés por ayudar a la comunidad. Piensan que cuando existen ataques contra los inmigrantes son sólo para los que no tienen documentos legales, y ponen de escudo su tarjeta verde o su certificado de ciudadanía, sin saber que la discriminación no sabe de procesos migratorios y que al hispano se le ve con racismo aunque sea nacido en este país. Se nos ve como impostores que hemos venido a quitar trabajo a los estadounidenses; simplemente por ser de habla hispana ya se nos considera como invasores.

"Es triste ver cómo un pequeño grupo de antiinmigrantes luchan unidos por hacer cada día más difícil la estancia aquí para los indocumentados y planean poner en efecto leyes tan fuertes como negar la ciudadanía a los niños nacidos aquí de padres sin documentos, o leyes para negar servicios de salud de emergencia, o en algunos casos, la educación. Esos pequeños grupos permanecen unidos y trabajan en conjunto, y son capaces de tener un fuerte impacto en los congresistas y senadores, mientras que a los hispanos que salen adelante no les importa el futuro de nosotros. No se preocupan por hacer alguna asociación a la que se integre poco a poco más gente y con ella hacer un movimiento firme, no para pelear o para causar problemas al país, sino para dignificarnos a todos como hispanos y ayudar a sobresalir a la gente que vive oprimida, y para exigir que se apliquen leyes que ayuden tanto al país como a las personas que vivimos aquí, ya sea legal o ilegalmente.

"No esperamos que Estados Unidos aplauda a los que llegamos ilegalmente y nos den un premio por cruzar la frontera; por el contrario, creo que es tiempo de que las leyes cambien y se haga más ordenada la inmigración a este país. Pero sí es momento de que los que estamos aquí y que hemos trabajado se nos ayude a salir de las sombras; que al menos se nos reconozca parte del aporte económico que damos a la comunidad. Nuestros políticos saben que una amnistía traería un impacto económico positivo, como sucedió con la amnistía de 1986, con el presidente Ronald Regan. No queremos que el Congreso apruebe un paquete económico para nosotros, ni que den ni un solo dólar a cada inmigrante, pero sí queremos que nos cobren una multa por haber entrado ilegalmente y que nos perdonen y nos permitan quedarnos. Queremos que nos dejen trabajar con dignidad y que nuestro trabajo sea valorado; que dejen de poner leyes que nos sigan separando y que ayuden a nuestros países a encontrar una solución real para evitar la emigración. Y claro que sí, que los delincuentes sean castigados con el poder de la ley, pero que no nos cuenten entre ellos a los que venimos a trabajar y a buscar el sueño americano.

"Día con día algunos emigrantes nos sentimos traicionados por los políticos, los compañeros de trabajo, los compañeros de escuela, incluso por nuestros mismos compatriotas que se han olvidado de su origen; pero lo más penoso es la actitud de aquellos emigrantes sin documentos que no se han unido a las manifestaciones y se han quedado con los brazos cruzados. Algunos ponen excusas de que van a trabajar, que están cansados, o simplemente no quieren ir y dejan que alguien más pelee por ellos. ¡Qué traición tan más grande nos hacemos a nosotros mismos! Es vergonzoso que casi la mitad de las personas que asistieron a las marchas son residentes o ciudadanos americanos, y qué triste que por no dejar un día la pereza a un lado, los inmigrantes decidan seguir viviendo como nos tratan: humillados.

"Si para la próxima semana viniera la selección de fútbol de nuestro país, ya sea México, El Salvador, Argentina, Colombia, o Guatemala, y jugara un partido en cada estadio del país, todos dejaríamos el trabajo, la familia, o los hijos, y no nos importaría perder el trabajo, enojarnos con la esposa o el costo del boleto, pero llenaríamos todos los estadios. Es una verdadera vergüenza no tener tiempo ni disposición para acudir a un llamado para hacer valer nuestros derechos.

"No es cuestión de violencia ni de salir a pelear por algo que no nos corresponde; sólo se trata de seguir en busca de lo que venimos, por lo que dejamos a nuestras familias. Se trata de buscar un trato digno hacia los inmigrantes. Porque igual que muchos otros temas del país, como la economía, la seguridad nacional o la seguridad pública, el tema de la emigración nos debe interesar a todos; es problema de todos. No podemos ir haciendo obras caritativas alrededor del mundo ni andar derrocando líderes que maltratan u oprimen a su pueblo, y dejar aquí desamparada a nuestra propia comunidad, a los seres humanos cuyo único delito es trabajar sin un documento legal. Es cierto que las fronteras deben ser más seguras, pero ¿por qué se recrudeció la vigilancia sólo del lado mexicano después de los atentados del 9-11? ¿Es que acaso hubo terroristas mexicanos? ¿No sería igual de fácil que un terrorista entrara por Canadá que por México? No se trata de aplaudir nuestra presencia aquí en el país, se trata de justicia e igualdad, de un trato justo y digno.

"Hay más amor en el corazón de un niño con necesidades especiales que en el corazón de un comentarista racista que mata con sus comentarios al desear el mal a su prójimo, o que en un integrante de cualquier grupo antiinmigrante, incluso de algún congresista o senador, o hasta de un gobernador que propone una ley para dividir familias. ¿Qué legado están dejando a sus hijos o a nuestras nuevas generaciones? ¿Con qué amor llegan a sus hogares después de firmar una ley que dividirá a la familia de algún compañero de sus hijos de la escuela, al mismo tiempo que firman un paquete económico de varios miles de millones de dólares para el uso de guerras sin sentido? Nuestra comunidad sólo necesita una ley que nos permita sentirnos parte de esta gran nación, o de ser, cuando menos, autorizados para trabajar y darnos la oportunidad de viajar y ver por nuestras familias.

"La tarea no es fácil, ni lo será; primero necesitamos hacer conciencia los que estamos aquí ilegalmente, adaptarnos a las leyes y andar por el buen camino, así como aprender inglés, dejar la pereza por un lado y ponernos a trabajar con dignidad y coraje. Lamentablemente, después de estar aquí por algunos años, comenzamos a vivir una vida conformista, no ahorramos dinero, incluso nos olvidamos de nuestros seres queridos.

"Para comenzar, éste es un llamado a todos los inmigrantes para que sigamos trabajando como el primer día que llegamos; que dejemos nuestras malas costumbres y nos adaptemos a la cultura estadounidense; esto no quiere decir que dejemos las bellas costumbres que tenemos en nuestros países, pero tenemos que adaptarnos a las de aquí y cumplir con las leyes.

"Éste es un llamado a todos esos inmigrantes que han venido a vivir una vida cómoda y holgada y que poco a poco se han ido haciendo delincuentes y han deshonrando a nuestra comunidad; es mejor que regresen al lugar de donde vinieron y no pongan en mal a nuestra comunidad inmigrante.

"Es un llamado, también, para una unión pacifica de nuestra comunidad para buscar líderes entre nosotros y apoyarnos como un solo grupo. Es triste ser la minoría más grande del país y la más desunida; es momento de solidarizarnos y ser la minoría más grande que trabaje tanto para el país como para nuestras familias.

"Éste es un llamado a los políticos de nuestros países, para que abran los ojos y trabajen para el bienestar del pueblo y eviten que las nuevas generaciones sigan emigrando y buscando en otro lado lo que ellos deberían ofrecer.

"Un llamado fuerte a nuestros representantes religiosos para que prediquemos la palabra de Dios según como sea nuestra creencia, pero que prediquemos con el ejemplo y sobre la necesidad de la comunidad. En cada religión y en cada iglesia existimos inmigrantes que sólo vivimos día a día con la incertidumbre, no vayan lejos; no viajen a ciudades grandes como Los Ángeles, Las

Vegas, San Antonio o Nueva York; pregunten a su hermano en Cristo, con el que comparten el sermón dominical, con el que salen a predicar... ahí está la necesidad. En Estados Unidos hay casi trescientos millones de habitantes, de los cuales se calcula que más de las tres cuartas partes son creyentes de alguna confesión religiosa. Si realmente promovieran la unidad entre sus miembros, cada iglesia podría ayudar a esta causa, y sólo se requiere una llamada a un congresista local o a los senadores, pero puede influir más en ellos un grupo de no más de cinco millones de ciudadanos que un grupo de doscientos millones de creyentes que predican y enseñan sobre el amor al prójimo y que no deciden poner su granito de arena para una legalización.

"Éste es un llamado a los medios de comunicación para que dejen de ser amarillistas con los pocos incidentes que son cometidos por los indocumentados. No pueden juzgar por un pequeño número de ellos a nuestra comunidad; mejor vean el sufrimiento real de lo que batallamos y lo que nos cuesta, así como lo que aportamos a nuestra comunidad, y les pido a esos comentaristas que viven con el odio en sus corazones que elijan otro tema que les ayude a subir sus niveles de audiencia; dejen de sembrar odio en el pueblo estadounidense, un pueblo que ha demostrado a través de los años ser de un corazón bondadoso y lleno de amor.

"Éste es un llamado a todos los grupos étnicos para que se unan a la causa, ¿por qué lo dejan sólo en manos de los grupos hispanos? ¿Qué no la legalización sería de igual forma para todos?

Queda mucho por recorrer, pero es momento de que todos los inmigrantes trabajemos juntos en busca de soluciones.

"Éste es un llamado a los dueños de negocios que en algún momento han trabajado con estos inmigrantes, para que nos apoyen llamando a sus senadores para ser promotores de un cambio, pues ustedes más que nadie saben del trabajo duro y la dedicación con la que trabajamos, así como de nuestras necesidades, y que la gran mayoría de los inmigrantes somos gente honesta y trabajadora. También es un llamado a los artistas y a toda persona que influya en la comunidad: muchos de ustedes también son inmigrantes, es hora de unirse a esta causa.

"Por último, es un llamado de paz y de justicia de parte de los inmigrantes hacia los ciudadanos estadounidenses; un llamado de paz a nuestros políticos; un llamado de paz a los grupos antiinmigrantes y a los gobernadores que tratan de impulsar leyes que siguen afectando a nuestra comunidad que también vive bajo el terrorismo, un terrorismo local que daña nuestras familias: vivimos bajo el terror de ser encarcelados injustamente, vivimos bajo ataques infundados, y, sobre todo, vivimos con la incertidumbre de qué pasará el día de mañana, de cuándo nos tocará un retén, o cuándo la policía confiscará nuestro auto, o cuándo perderemos el trabajo y será más difícil conseguir otro por el endurecimiento de las leyes. Vivimos bajo el terror de qué les vamos a explicar a nuestros hijos cuando algún familiar sea deportado, o en el peor de los casos, su padre o madre, y algunas veces los dos. Vivimos con terror sabiendo que nosotros mismos traicionamos a nuestras familias dejándolas en nuestros países y quizá algún día regresemos con las manos vacías porque nos 'echaron' del país y no tuvimos tiempo de nada. Vivimos bajo el terror de que el día menos pensando perderemos todo: nuestra casa, los muebles que nos costaron muchos años de trabajo, pero, sobre todo, bajo el terror de que el día menos pensado nuestros padres mueran lejos de nosotros con la tristeza que quedará para siempre en nuestro corazón.

"Es un llamado de paz, una súplica, un llamado de amor, un simple llamado de justicia a nuestra gente, una solución que cubriría todo. Latinoamérica, África, Asia, Medio Oriente, todos ellos han necesitado ayuda humanitaria o han vivido bajo el terrorismo algún día. Hoy nuestra comunidad necesita una ayuda humanitaria y quiere ser salvada del terrorismo; este grito desesperado es para pedir esa ayuda. Pueblo estadounidense, estamos a la espera de ayuda humanitaria para nuestra comunidad".

Después de ese discurso comenzó un nuevo movimiento que creció a nivel nacional, ese llamado general finalmente dio frutos y todo un país se unió para crear justicia y libertad. A los pocos meses se llevaron a cabo las elecciones en el país en busca del nuevo presidente de los Estados Unidos de América, y con la llegada al poder del primer afroamericano en la historia del país, la lucha llegó a su fin. Dentro de los primeros tres meses en el poder, el nuevo presidente junto con la Cámara de Representantes y la Cámara de Senadores llegaron a un acuerdo, firmarían finalmente la tan esperada reforma migratoria; la desgracia de Luis y Zina había dejado un legado en el corazón de los estadounidenses.

Aquella mañana, al fin salió el presidente de los Estados Unidos de América. Fue recibido con una gran ovación; el mundo estaba a punto de ser testigo del cambio, del gran logro realizado por Pablo, el concejal Jack Lee y el padre Carlos de la iglesia de Santa Rosa de Lima. El presidente, después de su acostumbrado saludo, dio lectura a la carta que Luis escribió antes de quitarse la vida. Posteriormente dio un pequeño discurso:

– Estados Unidos hoy muestra al mundo nuevamente que la justicia está por encima del odio y la desigualdad. Hoy los Estados Unidos escriben una nueva página en su historia, pues aparte de crear esta legalización para todos los inmigrantes, también ponen fin a la discriminación racial, estableciendo leyes más fuertes y severas para cualquier crimen de odio racial. Con esta ley nuestras fronteras serán más seguras. A lo largo de nuestra historia habíamos venido dando pasos que nos acercaran a este momento: la abolición de la esclavitud en 1865 por el ex presidente Abraham Lincoln, el final de la segregación en las fuerzas armadas en 1948 por el ex presidente Harry Truman, y la más importante, conseguida por el ex presidente John F. Kennedy en 1964, la terminación definitiva de todo tipo de segregación racial. Hoy es tiempo de cambio; una nueva era comienza en este gran país, ¡Dios bendiga a los Estados Unidos de America!

COMENTARIOS DEL AUTOR

Esta historia no es real por su contenido literario, pero quizá el lector encontrará mucha similitud con hechos que acontecen en la vida real. Los inmigrantes encontramos en nuestro caminar una serie de acontecimientos que marcan nuestras vidas de una forma muy especial, y aunque la mayor parte de las veces logramos alcanzar nuestros sueños, perdemos cosas importantes en nuestro caminar.

La Iglesia Católica ha sido pionera junto con algunas otras agrupaciones religiosas en una lucha por conseguir una reforma migratoria en conjunto con muchas agrupaciones pro inmigrantes, y aunque el movimiento ha crecido en los últimos años, aún hay mucho por hacer.

Como inmigrante que soy, me he dado cuenta de la gran necesidad que hay de proyectar los verdaderos valores de las personas que deciden salir en busca de mejores oportunidades, así como de demostrar que el esfuerzo que realizamos es, con frecuencia, más fuerte que el de un ciudadano estadounidense, por los enormes retos con los que nos topamos día a día, así como los obstáculos a los que nos enfrentamos.

En el proceso de escribir este libro me tocó ser testigo de cómo algunos amigos y familiares tuvieron la desgracia de perder a sus padres o hermanos en su país de origen, y, por no contar con los documentos legales, no tuvieron la oportunidad de ir a darles su santa sepultura.

Al final, la fe es la que nos llevará al alcanzar a todos los más grandes sueños que aún no cumplimos; una reforma migratoria integral que termine con el dolor e incertidumbre de una gran comunidad que lucha y trabaja incansablemente para el bienestar de sus familias.

CPSIA information can be obtained at www.ICGtesting.com
Printed in the USA
268700BV00001B/2/P